Mon CE1 facile !

Évelyne BARGE
Marco OVERZEE
Enseignants spécialisés

Dominique BALICHARD
Mathilde PERRIOUX
Orthophonistes

Illustrations
Delphine RENON

Hatier

Présentation

Ce cahier, conforme au programme de **CE1**, convient aux enfants pour lesquels les apprentissages demandent plus d'énergie, ainsi qu'à ceux rencontrant des difficultés passagères. Conçu par des enseignants et des orthophonistes habitués à traiter les difficultés d'apprentissage, cet ouvrage est un support précieux quand ces difficultés sont plus installées : troubles cognitifs spécifiques tels que la dyslexie, la dyspraxie, la dyscalculie et la dysphasie.

L'objectif est aussi de redonner à votre enfant la possibilité d'apprendre avec **plaisir** et d'être enfin en **réussite**.

- Grâce à des **leçons** claires, aérées et adaptées, votre enfant comprendra mieux les bases des matières principales et retrouvera la confiance qui lui manque peut-être. Ces leçons sont davantage centrées sur le « comment faire, comment apprendre », afin que les explications et conseils donnés puissent aussi être appliqués aux autres apprentissages du programme scolaire.

- Les **exercices** sont adaptés pour une meilleure compréhension. Suffisamment courts pour ne pas engendrer trop de fatigue, ils s'assurent de la compréhension de la notion abordée.

Le picto 🔊 devant certains textes et mots anglais indique qu'ils sont enregistrés et accessibles gratuitement sur le site www.editions-hatier.fr. Tapez 2694849 dans l'espace de recherche puis rendez-vous dans « ressources gratuites » pour télécharger ces fichiers audio.

- À la fin de l'ouvrage, vous trouverez les **corrigés** de tous les exercices mais aussi des conseils et astuces pour aider votre enfant dans ses apprentissages scolaires comme dans la vie quotidienne.

Cet entrainement doit rester **un moment agréable entre vous et votre enfant**, sans pression particulière. Ses difficultés et sa lenteur éventuelle ne sont pas de son fait (et donc surtout pas dues à la paresse), mais bien réelles. Elles vont entrainer une fatigue supplémentaire due à la surcharge cognitive : il est donc nécessaire de **travailler sur des temps courts** (20 à 30 minutes, sans jamais aller au-delà de 45 minutes par séance).

Vous pouvez parfois apporter à votre enfant **une aide ajustée** : lire un mot (ou une phrase) sur deux ou un énoncé, accepter les réponses orales, écrire à sa place ou chacun son tour…

Édition : Stéphanie Simonnet - Béatrix Lot
Coordination artistique : Bruno Bonnel
Conception maquette intérieure : Com'pas2 / Nadine Aymard
© HATIER - 8 rue d'Assas, 75006 Paris - 2021 - ISBN 978-2-401-07773-7

Achevé d'imprimer par Imprimerie de Champagne à Langres - France.
Dépôt légal : 07773 7/03 - Décembre 2022

Imprimerie Champagne

IMPRIM'VERT Votre imprimeur agit pour l'environnement

PAPIER À BASE DE FIBRES CERTIFIÉES

Hatier s'engage pour l'environnement en réduisant l'empreinte carbone de ses livres. Celle de cet exemplaire est de : 650 g éq. CO_2 Rendez-vous sur www.hatier-durable.fr

Sommaire

Français

Maths

Espace et temps

Sciences

Anglais

Je connais un texte de fiction

Je comprends et je m'entraine

- La **fiction** est le contraire de la **réalité**.

Un texte de fiction raconte une histoire inventée.

écrire **1** Complète ce texte de fiction avec ces mots :

loup – beurre – lit – porte – sentier.

Il était une fois un Petit Chaperon rouge. Un jour, sa mère l'envoya voir sa mère-grand pour lui porter une galette et un petit pot de [beurre].

Le Petit Chaperon rouge prit son panier et entra dans la forêt. Dans le bois, elle se promena, ramassa des fleurs et se trouva nez à nez avec un [loup] affamé.

Le loup demanda au Petit Chaperon rouge où elle allait. Elle répondit : « À la maison de ma mère-grand ». Il y courut alors par le [sentier] le plus court pendant que le Petit Chaperon rouge s'amusait en chemin.

Le loup entra chez la mère-grand, se jeta sur elle et la dévora. Puis il mit ses lunettes, sa chemise de nuit et se faufila dans le [lit]. Peu de temps après, le Petit Chaperon rouge frappa à la [porte]...

2 Dans la suite de l'histoire, le Petit Chaperon rouge dialogue avec le loup déguisé en mère-grand. Relie chaque remarque de la petite fille à la réponse du loup.

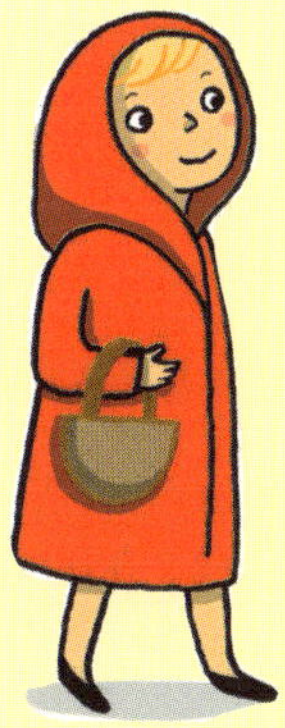

Oh mère-grand, comme vous avez de grands yeux !	C'est pour mieux te voir, mon enfant.
Oh mère-grand, comme vous avez de grandes oreilles !	C'est pour mieux te manger, mon enfant !
Oh mère-grand, comme vous avez de grandes dents !	C'est pour mieux t'entendre, mon enfant.

3 Raconte l'histoire à quelqu'un qui fait semblant de ne pas la connaitre. Tu peux dire la fin ou en inventer une autre.

Je comprends un texte explicatif

Je comprends

- Un texte **explicatif** t'explique comment réaliser quelque chose.
  Il décrit toutes les étapes à suivre dans l'ordre.
  Le texte doit être clair et contenir un vocabulaire précis.

  Exemples : une recette de cuisine, une fiche de travaux manuels, une notice de jeu...

La recette de la tarte aux pommes

1. Pèle 4 pommes puis coupe-les en petits morceaux.

2. Étale une pâte sablée dans un plat à tarte.

3. Range dessus les morceaux de pommes.

4. Saupoudre de sucre.

5. Fais cuire au four pendant 30 minutes.

6. Attends que la tarte tiédisse. Bon appétit !

Je m'entraine

écrire

Voici une notice de jeu. Complète-la avec les verbes proposés puis joue !

~~faites~~ – ~~distribuez~~ – ~~rejouez~~ – ~~dites~~ – ~~posez~~

Pour jouer à la bataille, il faut un jeu de 32 ou 54 cartes, et quelqu'un qui joue avec toi.

- distribuez les cartes équitablement.
- Sans les regarder, faites chacun un paquet avec vos cartes.
- posez chacun une carte sur la table.

La carte la plus forte gagne la levée.

- Quand les cartes ont la même valeur, dites « bataille ».
- Dans ce cas, posez dessus une carte face cachée, et rejouez par-dessus une autre carte face visible.
- Le gagnant de la partie est celui qui a dans ses mains toutes les cartes du jeu !

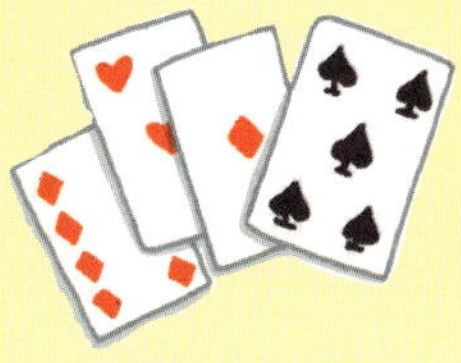

J'écris une lettre à un(e) ami(e)

Je comprends

- Une **lettre** est un signe de l'alphabet (a, b, c...) mais aussi un texte que l'on envoie dans une enveloppe, par la poste, à quelqu'un qu'on ne voit pas. On utilise aussi la carte postale et, de nos jours, l'email.
- Lis cette lettre ou écoute-la.

Voici le **destinataire**, c'est-à-dire la personne à qui est envoyée la lettre.

Une lettre décrit souvent des évènements et/ou les émotions de la personne qui l'écrit.

C'est pour cela que le texte est écrit avec le pronom je ou j'.

Quand la lettre s'adresse à de la famille ou à un(e) ami(e), il y a souvent une marque d'affection au début et/ou à la fin de la lettre : cher, bisous, avec mon affection, je t'embrasse...

> Cher oncle,
>
> Je voulais t'écrire pour te raconter mon concert à Lyon. Nous étions onze compagnons au théâtre de l'Odéon. Il y avait des trompettes, des trombones et ton cher Robinson avec son violon. Ce fut un triomphe ! C'est sûr, le violon est ma passion ! J'espère que tu me répondras une longue lettre pour me raconter ta vie au Japon.
>
> Je t'embrasse mon tonton.
>
> Robinson

La lettre finit par la signature de l'**expéditeur**, c'est-à-dire la personne qui a écrit la lettre.

Je m'entraine

écrire

1 Complète cette lettre envoyée à un(e) ami(e) que tu as connu(e) pendant tes vacances.

Cher(e) ______________________

Je voulais t'écrire depuis longtemps pour te raconter

____

____.

Je fais souvent ______________________________.

J'aime beaucoup ______________________________.

Et toi ?

J'espère que ________________________________.

Je t'embrasse fort !

Ton ami(e) ______________________

????

2 Pour cette lettre que tu viens d'écrire, peux-tu dire à un adulte :

- qui est l'expéditeur ?
- qui est le destinataire ?

Et maintenant envoie-la !

Le jeu des phrases : qui est où ?

Règles du jeu

- Voici un jeu de compréhension pour 2, 3 ou 6 personnes. On désigne en plus un meneur de jeu.
- Colle les autocollants des 6 personnages sur une rondelle de carton pour faire les 6 jetons.
- Chaque joueur choisit 1 à 3 personnages (selon le nombre de joueurs car tous les personnages doivent être attribués).
- Le meneur de jeu lit les phrases et chaque joueur place ses personnages au bon endroit dans la maison. Une pièce ne peut être occupée que par 1 **seul personnage** et il n'y a pas de pièce vide.
- Le gagnant de la partie est celui qui a placé ses personnages correctement.

PARTIE 1

- Léa est en train de faire un gâteau.
- Romane s'est cachée à l'étage, derrière les bacs de jeux.
- Thomas est en pyjama et se lave les dents.
- Lison dort tranquillement.
- Loula le chat est en boule sur le canapé.
- Nino était dans la salle de jeux mais ouf ! il est arrivé aux toilettes.

PARTIE 2

- Romane regarde la télévision.
- Thomas construit une grande tour en briques.
- Lison est au petit coin, au rez-de-chaussée.
- Loula mange ses croquettes.
- Nino prend une douche.
- Léa réfléchit à quelle robe elle va mettre aujourd'hui.

PARTIE 3

- Thomas prépare son gouter.
- Lison se coiffe devant le miroir au-dessus du lavabo.
- Loula gratte dans sa litière.
- Nino sort de la cuisine et va dans la pièce d'à côté.
- Léa range ses jouets dans les bacs.
- Romane monte à l'étage et va se coucher.

PARTIE 4

- Lison aide maman à ranger le lave-vaisselle.
- Loula s'est cachée sous la couette.
- Nino prépare le jeu de société.
- Léa dépose son linge sale dans la panière.
- Romane tire la chasse d'eau.
- Thomas lit devant la cheminée.

Je remets une histoire dans l'ordre

Je comprends

Lis ces 4 extraits du roman *Une rencontre magique* (collection *Ma lecture facile dys*, © éditions Hatier) ou écoute-les.

Oh ! Les paragraphes sont dans le désordre !

Remets-les dans l'ordre en numérotant les cases de 1 à 4.

☐ Petit à petit, il est devenu timide et n'ose plus trop aller vers les autres. Pourtant Gaël est un garçon dynamique et jovial. Alors il s'est mis à jouer du violon.

☐ Un garçon différent
Moi c'est Malo. Je te raconte une histoire de mon papy Gustave ? Voilà, c'est l'histoire d'un garçon nommé Gaël qui vit en Bretagne.

☐ Ce garçon a un petit ou plutôt un gros problème : il est né avec une énorme bosse dans le dos. Elle est lourde, elle lui fait mal et surtout avec elle, pas possible de jouer au ballon ni de courir avec des amis.

☐ Il adore jouer du violon. Il en joue le jour, il en joue la nuit, il en joue tout le temps. C'est devenu chez lui sa manière de parler.

Je m'entraine

1 Voici les illustrations des 4 extraits de texte de la page 12. Remets-les dans l'ordre de l'histoire en les numérotant aussi de 1 à 4.

☐ 

☐ 

☐ 

☐ 

2 Relis les 4 extraits dans l'ordre en regardant les illustrations puis réponds aux questions.

- Comment s'appelle le papy ?
- Que pourrait faire Gaël s'il n'avait pas de bosse ?

3 Pourquoi Gaël se met-il à jouer du violon ? Coche la bonne réponse.

- parce qu'il a reçu un violon pour son anniversaire. ☐
- parce qu'il est timide et n'ose pas parler aux autres enfants. ☐
- parce qu'il adore faire la fête. ☐

Je connais les différentes écritures du son « o »

Je comprends

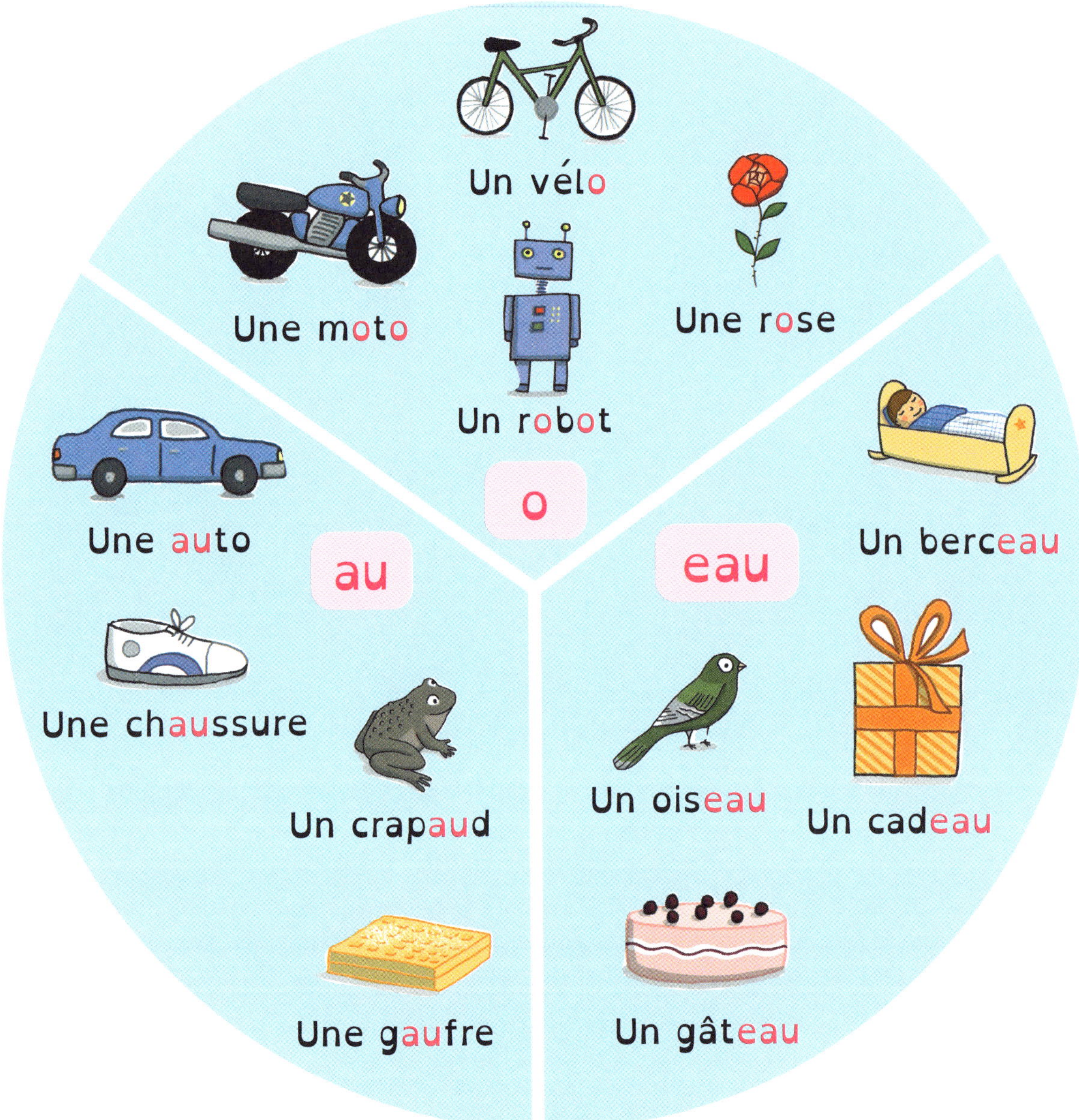

- L'orthographe des mots est imposée, on la trouve dans le dictionnaire.

  Les mots avec le son « o » peuvent s'écrire de 3 façons :

  → avec la lettre o (le plus souvent),

  → avec les lettres au,

  → avec les lettres eau.

Je m'entraine

écrire

1 Écris le son « o » de la bonne façon.

- Maman fait du vél ☐.
- Papa prépare un gât ☐.
- Ma sœur mange une g ☐ fre.
- Mon frère marche comme un r ☐ b ☐ t.
- Et moi je siffle comme un ois ☐ !

AB .... D

2 Complète les mots croisés.

Je connais les différentes écritures du son « an »

Je comprends et je m'entraine

manger

an devient am
devant les consonnes
m, b, p.

camper
tambour

an → am
en → em

m
b
p

sentir

en devient em
devant les consonnes
m, b, p.

emmener
emballer
emporter

1 Entoure sur le dessin tout ce qui contient le son « an ».

2 Colle les mots au bon endroit dans le tableau de la leçon page 16.

Je connais les différentes prononciations de la lettre g

Je comprends

- J'entends  « g »

g
- a / o / u
  - gâteau - garçon
  - gorille - gomme
  - légume - figure
- u
  - e : guenon
  - i : guitare

- J'entends  « j »

g
- i / y / e
  - girafe
  - gym - gymnase
  - genou - rouge
- e
  - a : geai
  - o : pigeon

Je m'entraine

1 Colorie les étiquettes :

- en rouge quand la lettre g se prononce « g » comme dans gare,
- en vert quand la lettre g se prononce « j » comme dans genou.

gorille	pigeon	genou
guirlande	gamelle	bougie

2 Complète les phrases avec g ou gu pour faire le son « g ».

- Paco conduit sa voiture chez le ___ aragiste.
- Au zoo, nous allons voir les ___ enons.

3 Complète les phrases avec g ou ge pour faire le son « j ».

- Au printemps les bour ___ ons éclosent.
- Marc est gara ___ iste.

Je cherche des mots dans le dictionnaire

Je comprends

- Dans un dictionnaire, les mots sont rangés dans l'ordre alphabétique.

Pour y trouver le mot LIVRE, il faut donc chercher à la lettre L.

A	B	C	D	E	F	G	H	I	J	K	L	M
N	O	P	Q	R	S	T	U	V	W	X	Y	Z

Pour y trouver le mot SOLEIL, il faut chercher à la lettre S.

L est avant S dans l'alphabet, donc LIVRE est avant SOLEIL dans le dictionnaire.

- Mais quand des mots commencent par la même lettre :

LIVRE – LOGER – LAPIN

On regarde alors la deuxième lettre et on cherche son rang dans l'alphabet (1 - 2 - 3) :

LIVRE	LOGER	LAPIN
2	3	1

Donc l'ordre alphabétique est :

LAPIN – LIVRE – LOGER

- Si la deuxième lettre est identique, on regarde la troisième et ainsi de suite...

LIME	LISTE	LIVRE
1	2	3

Je m'entraine

1 Luc a mélangé tous ses déguisements !
Aide-le à les ranger dans l'ordre alphabétique.
Pour cela, numérote les cases de 1 à 6.

POMPIER	PIRATE	ROI	POLICIER	MAGICIEN	PILOTE

2 Entoure dans chaque colonne le mot
qui est écrit en premier dans le dictionnaire.

orange	haricot	ciboulette
banane	avocat	basilic
abricot	tomate	persil
melon	aubergine	thym

Le jeu de l'oie des synonymes

Je comprends

- Le synonyme d'un mot est un autre mot qui veut dire la même chose. Les synonymes sont bien utiles pour comprendre ce qu'on lit et pour écrire un texte sans répéter plusieurs fois le même mot.

→ Le joli chat joue avec sa balle.

→ Le beau matou s'amuse avec sa balle.

- Le synonyme d'un nom est un nom.
  Le synonyme d'un adjectif est un adjectif.
  Le synonyme d'un verbe est un verbe.

Règles du jeu

- Voici un jeu pour deux personnes ou plus.
  Il faut un pion par personne et un dé.
- Tous les joueurs posent leur pion sur la case DÉPART.
- Le plus jeune joueur lance le dé et avance du nombre de cases correspondant.
- Lis le mot et trouve un synonyme dans le tableau page 23 (aide-toi des couleurs !) ou dans ta tête. Tu as réussi ? Relance le dé au maximum 3 fois ! Sinon c'est à ton voisin de jouer.

CASES SPÉCIALES

6, 14 et 23 : x 2 il faut dire 2 synonymes (un synonyme du tableau et un synonyme que tu trouves toi-même). Si tu réussis, tu peux lancer le dé deux fois de suite, sinon tu passes ton tour.

16 : peau de banane ! Tu glisses et retombes en case 14.

22 : trampoline ! Tu rebondis et atterris sur la case 28.

25 : c'est la prison, tu passes ton tour.

À toi de jouer !

animal	conduire	matou
bâtir	costaud	nettoyer
beau	demander	plaisant
camarade	énorme	plein
charitable	fatigué	rire
cheminée	gagnant	route
combles	gâteau	souiller
commerce	hurler	sucrerie
commune	loquace	voiture
		vouloir

DÉPART	1 construire	2 gros	3 grenier	4 épuisé
19 laver	20 généreux	21 exiger	22 	5 auto
18 âtre	31 vainqueur	ARRIVÉE 32	23 x 2 salir	6 x 2 magasin
17 chaussée	30 fort		24 agréable	7 désirer
16 	29 rigoler		25 	8 joli
15 bavard	28 bête	27 crier	26 friandise	9 chat
14 ami x 2	13 biscuit	12 piloter	11 ville	10 rempli

Je distingue le sens propre et le sens figuré

Je comprends

Certains mots ont plusieurs sens.

Pour le mot « marcher », dans le dictionnaire, on trouve :

- d'abord le sens propre, c'est le sens courant :

→ Je marche dans la montagne.

- ensuite le sens figuré, c'est le sens imagé :

→ Ce spectacle marche très bien.

→ Marcher sur des œufs (agir avec précaution).

→ Cet appareil photo marche mal.

- autre exemple : le mot « tourner ».

→ au sens propre : Je tourne les pages du livre.

→ au sens figuré : Charlot a tourné dix films.

Je m'entraine

1 Relie chaque phrase à SENS PROPRE ou SENS FIGURÉ.

Je dévore mon repas. •	•	SENS PROPRE
Lola dévore son livre. •		
Il me casse les pieds. •	•	SENS FIGURÉ
Nils a cassé son vélo. •		

écrire

2 Le mot « bol » est utilisé ci-dessous dans un sens figuré. Invente et écris une phrase dans laquelle il sera au sens propre.

J'ai perdu au jeu de l'oie, je n'ai pas de bol.

Je sais construire une phrase

Je comprends

- La phrase se compose de mots **ordonnés**, séparés par un **espace**.
- La phrase a un **sens**. J'aime le chocolat.
- La phrase commence par une majuscule et se termine par un point.

Le chat court.

- Il existe différentes sortes de points.
- La phrase qui raconte, explique, se termine par un point simple. .

Max a un vélo bleu.

- La phrase qui pose une question se termine par un point d'interrogation. ?

Vas-tu à la piscine cet après-midi ?

- La phrase où on s'étonne, s'énerve, se réjouit, se termine par un point d'exclamation. !

Tu as de superbes bottes !

Je m'entraine

1 Colle les autocollants dans le bon ordre afin de construire une phrase.

2 Coche la phrase si elle est bien construite.

- ☐ Petit navire, il était un.
- ☐ Va jouer dehors !
- ☐ La polie va Ryan.
- ☐ La poule est sur le mur.

3 Colorie le point qui convient.

- Où manges-tu demain | . | ? | ! |
- Quelle surprise de te voir | . | ? | ! |
- Jules et Oscar vont au cinéma | . | ? | ! |

Je trouve le verbe dans une phrase

Je comprends

- Le verbe est un mot important de la phrase.

- Il y a deux sortes de verbes :

  → Les verbes qui indiquent une action faite par une personne, un animal ou une chose :

  Leila joue. | Le chien dort. | Le réveil sonne.

  → Les verbes qui indiquent un état, une manière d'être :

  Mina est malade.

  La chenille devient un papillon.

  La porte reste fermée.

- C'est le seul mot qui se conjugue.

  Le verbe change selon la personne : je dors, nous dormons…

  ET aussi selon le temps : je dors, je dormais, je dormirai…

- Le plus souvent, on trouve l'**infinitif** du verbe en posant la question : « Qu'est-ce qu'il (ou elle) est en train de faire ? ».

  La tortue découpe sa feuille de salade.

  Qu'est-ce que la tortue est en train de faire ?

  Elle est en train de découper.

Je m'entraine

écrire

1 Écris le verbe à côté de l'image correspondante.

mangent - court - boit

Elle

Le chat

Ils

entourer

2 Entoure les verbes dans ce poème de Lamartine.

MYOSOTIS

J'aime les étangs et j'habite
Partout où l'eau se creuse un lit.
Ma fleur d'un bleu pâle s'agite
Au moindre vent, au moindre bruit.
Ma coupe d'or est si petite
Qu'une larme d'oiseau l'emplit.

Le jeu du féminin-voitou

Règles du jeu

- Voici un jeu pour deux personnes ou plus.
- Sur cette double-page, il y a des noms au féminin. Découpe page 79 les petites cartes comportant des noms au masculin.
- Tire une carte. Le premier joueur qui trouve le féminin de ce mot sur cette double-page gagne la carte.

Exemples : champion ⟶ championne | coq ⟶ poule

- Celui qui a trouvé le mot féminin en premier tirera la carte suivante.
- À la fin de la partie, celui qui a le plus de cartes a gagné !

À toi de jouer !

Une...

avocate

paysanne

lapine

sportive

ourse

princesse

poule

vendeuse

championne

conteuse

skieuse

ogresse

vache

guenon

sorcière

jumelle

astronaute

jument

cane

comédienne

pharmacienne

boulangère

truie

danseuse

coquine

maitresse

chatte

fille

élève

amoureuse

Je découvre les classes de mots

Je comprends

- Pour lire et écrire des phrases, il est important de connaitre le rôle de chaque mot dans la phrase.
- Imagine que les mots aussi aillent à l'école ! Comme les élèves, ils sont répartis dans différentes classes.

Je m'entraine

1 Colorie les mots encadrés en fonction de leur classe :

déterminant | adjectif | nom | verbe | pronom

- [Mon] [gentil] [chat] [court] vite.
- [Il] [joue] sous [la] [table] [blanche.]

2 Construis deux phrases en complétant les cases de couleur.

- ....
- ....

Coloriages codés

1 Colorie chaque case avec la couleur indiquée selon les différentes écritures du son « an ».

an | en | am | em

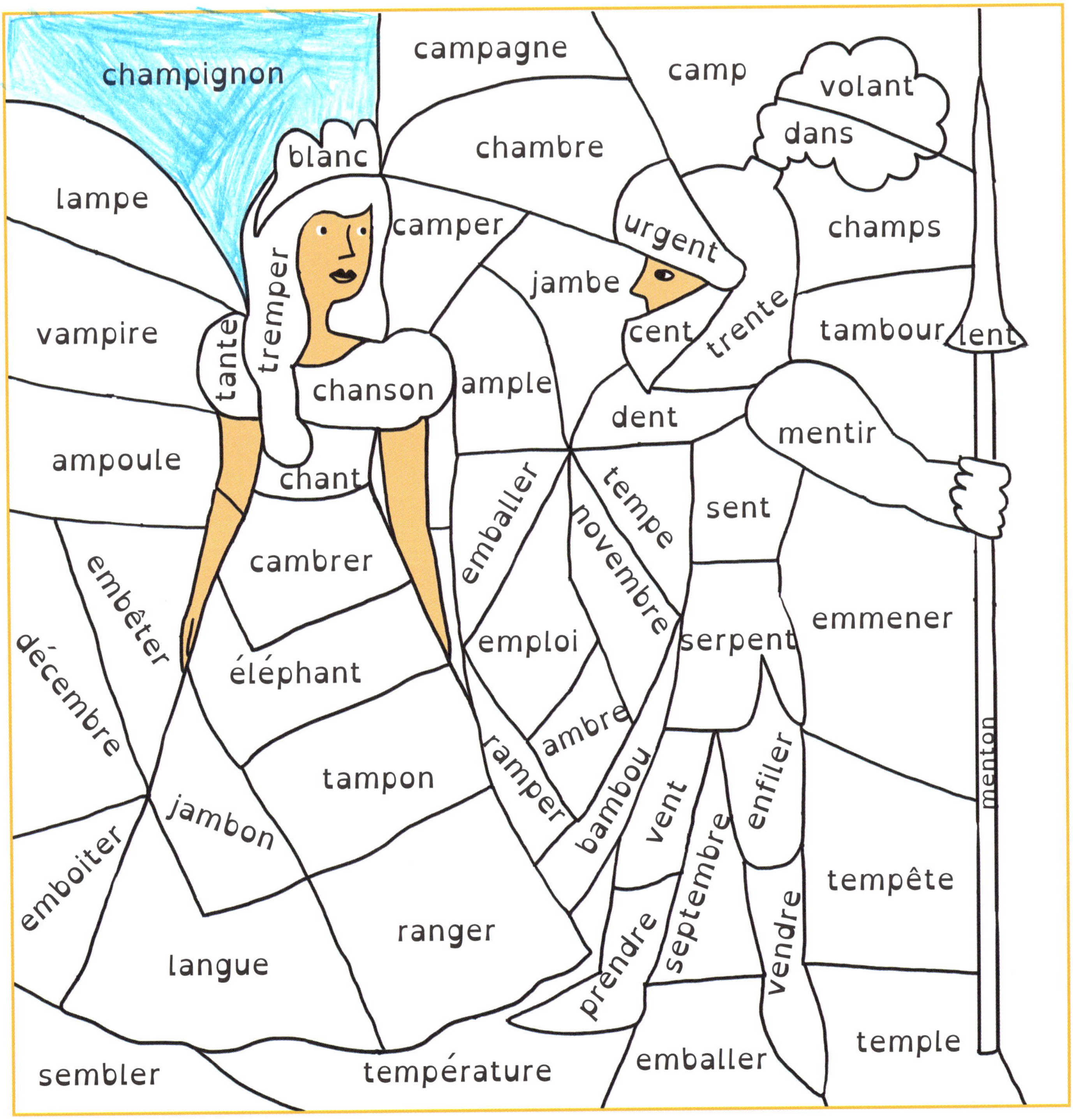

2 Colorie chaque case avec la couleur indiquée selon les classes de mots.

nom | déterminant | verbe | pronom | adjectif

Je comprends les bases de la numération

Je comprends

LA DIZAINE

- Sam a beaucoup de billes et voudrait savoir combien il en a exactement. Il les met dans des sacs rouges pouvant contenir 10 billes chacun (dizaines).

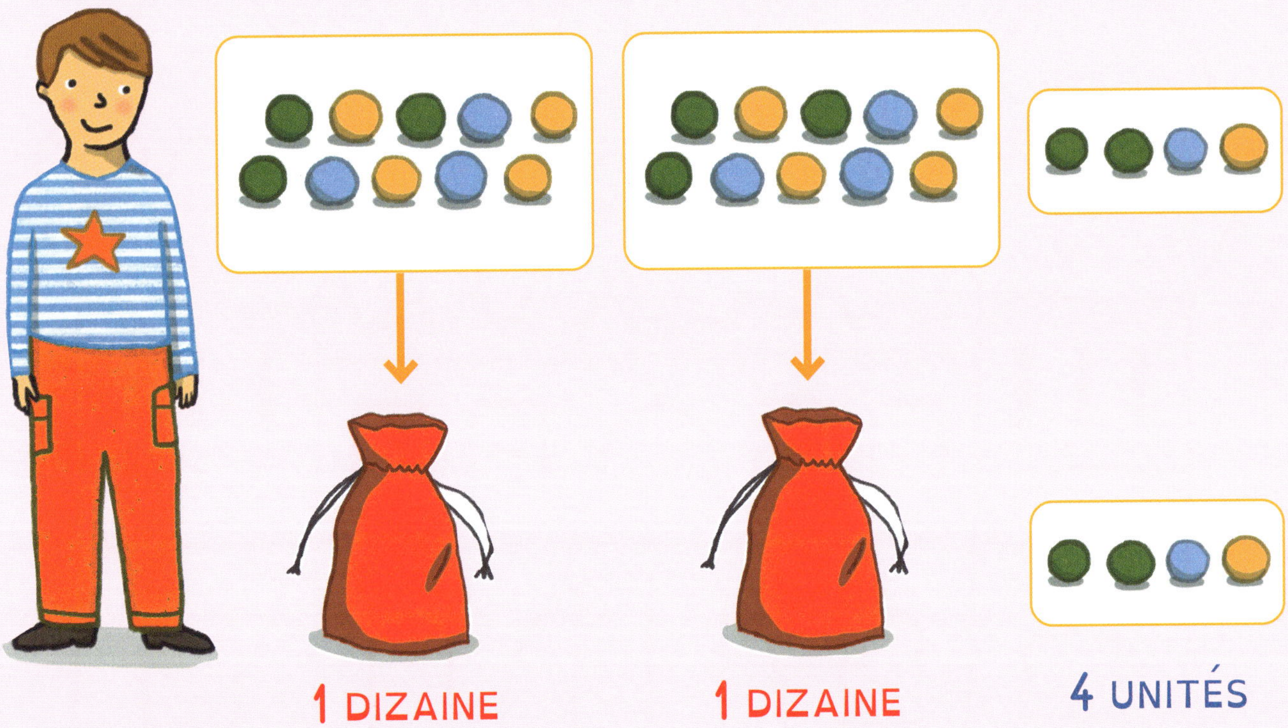

- Il ne peut pas faire un sac tant qu'il n'a pas 10 billes.
- Il ne peut pas mettre plus de 10 billes dans un sac.

Sam a 2 sacs de 10 billes, soit 2 dizaines de billes, et il lui reste 4 billes (unités).

Sam a donc 24 billes.

LA CENTAINE

- Manon aime jouer avec les haricots. Elle en a tellement qu'elle a réussi à remplir 10 sacs de 10 haricots, soit 100 haricots = 1 centaine.

Alors elle les range dans 1 carton vert (1 centaine).

1 CENTAINE

- Elle ne peut pas faire un carton tant qu'elle n'a pas 10 sacs. Elle ne peut pas non plus mettre plus de 10 sacs dans le carton.
- Manon a 1 carton de cent haricots, 4 sacs de 10 haricots et 3 haricots seuls.

Manon a donc 143 haricots.

Je m'entraine

Inspire-toi de ces exemples pour faire la même chose avec tes parents, en utilisant des billes, des haricots ou tout autre petit objet.

Je connais les nombres jusqu'à 100

Je comprends

- Rappel de la leçon page 36 :

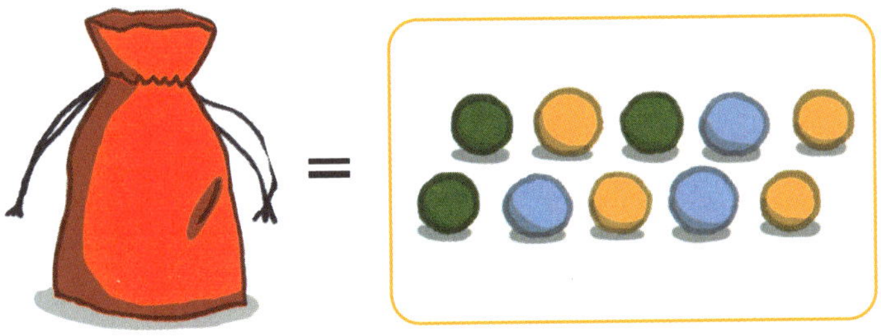

= 1 dizaine = 10 billes

35

- 3 sacs de 10 billes et 5 billes seules.

C'est donc 35 billes.

chiffre des DIZAINES → 3 ; chiffre des UNITÉS → 5

- Un nombre peut s'écrire sous différentes formes :

⟶ en chiffres : 35

⟶ en lettres : trente-cinq

⟶ en décomposition : 3 dizaines et 5 unités, soit 3d 5u.

Je m'entraine

1 Forme des ensembles de 10 jouets en traçant un sac autour.

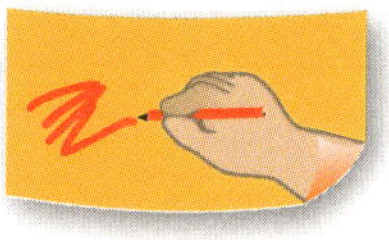

2 Colorie d'une même couleur les étiquettes qui correspondent au même nombre.

32	vingt-sept	2d 7u
3d 2u	27	trente-deux

3 Complète.

27 = 2 d 7 u   32 = 3 d 2 u

Je sais encadrer un nombre à 2 chiffres

Je comprends

50	51	52	53	54	55	56	57	58	59
60	61	62	63	64	65	66	67	68	69

- Dans la frise numérique, les nombres sont rangés du plus petit au plus grand, c'est l'ordre croissant.
  Pour comparer deux nombres à deux chiffres, il faut comparer le chiffre des dizaines et si nécessaire celui des unités.

→ Ainsi, 56 est plus petit que 62, car 5 est plus petit que 6.

→ 53 est plus petit que 56, car 5 et 5 sont identiques, mais 3 est plus petit que 6.

On dit que 56 est encadré par 53 et 62.

→ On écrit 56 < 62 et 53 < 56 donc 53 < 56 < 62.

→ Inversement 62 > 56 et 56 > 53 donc 62 > 56 > 53.

- Voici une astuce pour retenir le sens des signes < et > : le crocodile a tellement faim qu'il ne mange que les plus grands nombres !

63  < 65

57 >  50

Je m'entraine

1 Observe et complète chaque case avec le bon nombre.

- Ordre croissant (du plus petit au plus grand) :

51 < 52 < 53 < 54 < 55

- Ordre décroissant (du plus grand au plus petit) :

68 > 67 > 66 > 65 > 64

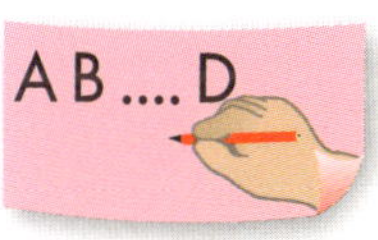

2 Complète avec le signe qui convient : < ou >.

3 < 4 < 5	44 < 47
98 > 78	30 > 28 > 20
35 < 41	81 > 79

Je découvre les nombres jusqu'à 1 000

Je comprends

- Rappel de la leçon page 36 :

 = 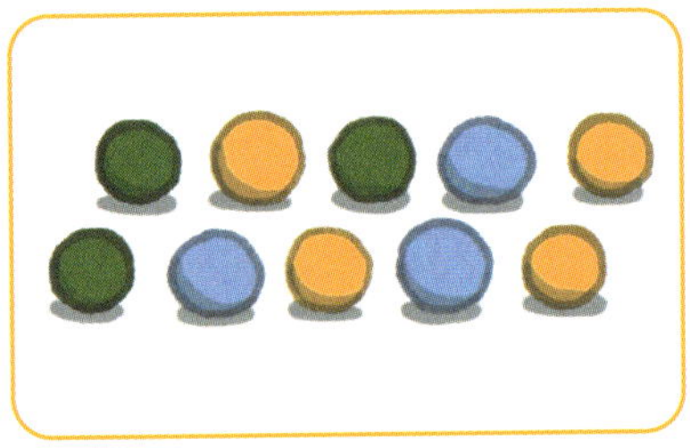 = 1 dizaine = 10 billes
= 10 unités

 = 1 centaine = 100 billes
= 100 unités

- L'écriture des nombres se fait à l'aide de chiffres ordonnés :

chiffre des CENTAINES → 7 | 5 | 8 ← chiffre des UNITÉS

↑ chiffre des DIZAINES

- Un nombre peut s'écrire sous différentes formes :

⟶ en chiffres : 758 (700 + 50 + 8 = 758)

⟶ en lettres : sept-cent-cinquante-huit

⟶ en décomposition : 7 centaines, 5 dizaines et 8 unités,

soit 7c 5d 8u

ou encore 7c + 5d + 8u

Je m'entraine

12 4

1 Écris les nombres dans les tableaux.
Commence par le chiffre bleu des unités.

12 - 30 - 43 - 89

	1	2
	3	0
	4	3
	8	9

103 - 256 - 758 - 890

1	0	3
2	5	6
7	5	8
8	9	0

2 Colorie les étiquettes qui correspondent au nombre 256.

265	deux-cent-soixante-cinq	2c 5d 6u
2c 6d 5u	256	deux-cent-cinquante-six
625	2c + 5d + 6u	200 + 50 + 6

Je sais poser une addition

Je comprends

● EXEMPLE SANS RETENUE 365 + 132 = ?

Cette addition est trop difficile à faire de tête, alors je la pose.

Place chaque chiffre dans la bonne colonne puis additionne-les.

	3	6	5
+	1	3	2
=	4	9	7

● EXEMPLE AVEC RETENUE 328 + 145 = ?

Quand la somme d'une colonne dépasse 10, place la RETENUE (ici la dizaine) dans un cercle en haut.

La retenue correspond à la formation d'une nouvelle dizaine ou d'une nouvelle centaine, que l'on ajoute aux autres (1 + 2 + 4 = 7).

		(1)	
	3	2	8
+	1	4	5
=	4	7	(1) 3

Je m'entraine

1 + 2

1 Pose et calcule les additions sans retenue.

$124 + 43 = ?$

	1	2	4
+		4	3
=	1	6	7

$357 + 241 = ?$

	3	5	1
+	2	4	7
=	5	9	8

1 + 2

2 Pose et calcule les additions avec retenue.

$628 + 236 = ?$

		1	
	6	2	8
+	2	3	6
=	8	6	4

$412 + 197 = ?$

	1		
	4	1	2
+	1	9	7
=	6	0	9

Je sais poser une soustraction

Je comprends

$$363 - 148 = ?$$

- On place d'abord le plus grand nombre en haut.
  Ensuite, on aligne les unités, les dizaines et les centaines.

	3	6	3
−	1	4 +1	8
=	2	1	5

(1)

D'ABORD $13 - 8 = 5$

PUIS $6 - 5 = 1$

ENFIN $3 - 1 = 2$

On soustrait d'abord les unités :

$$3 - 8 = ?$$

IMPOSSIBLE !
donc on prend une dizaine dans la colonne des dizaines (c'est la RETENUE) pour rendre l'opération possible avec les unités :

$$13 - 8 = ?$$

Mais il faut bien penser ensuite à enlever une dizaine supplémentaire dans la colonne des dizaines : $6 - 5 = ?$

$5 = 4 + 1$

Je m'entraine

3 – 2

1 Pose et calcule les soustractions sans retenue.

$862 - 321 = ?$

	8	6	2
–	3	2	1
=	5	4	1

$984 - 573 = ?$

	9	8	4
–	5	7	3
=	4	1	1

3 – 2

2 Pose et calcule les soustractions avec retenue.

$475 - 238 = ?$

			1
	4	7	5
–	2	5	8
		+ 1	
=	2	3	7

$616 - 482 = ?$

		1	
	6	1	6
–	4	8	2
	+ 1		
=	1	3	4

Je découvre la multiplication

Je comprends

- Elsa aime bien regarder ses bagues qu'elle range soigneusement dans une belle boite.

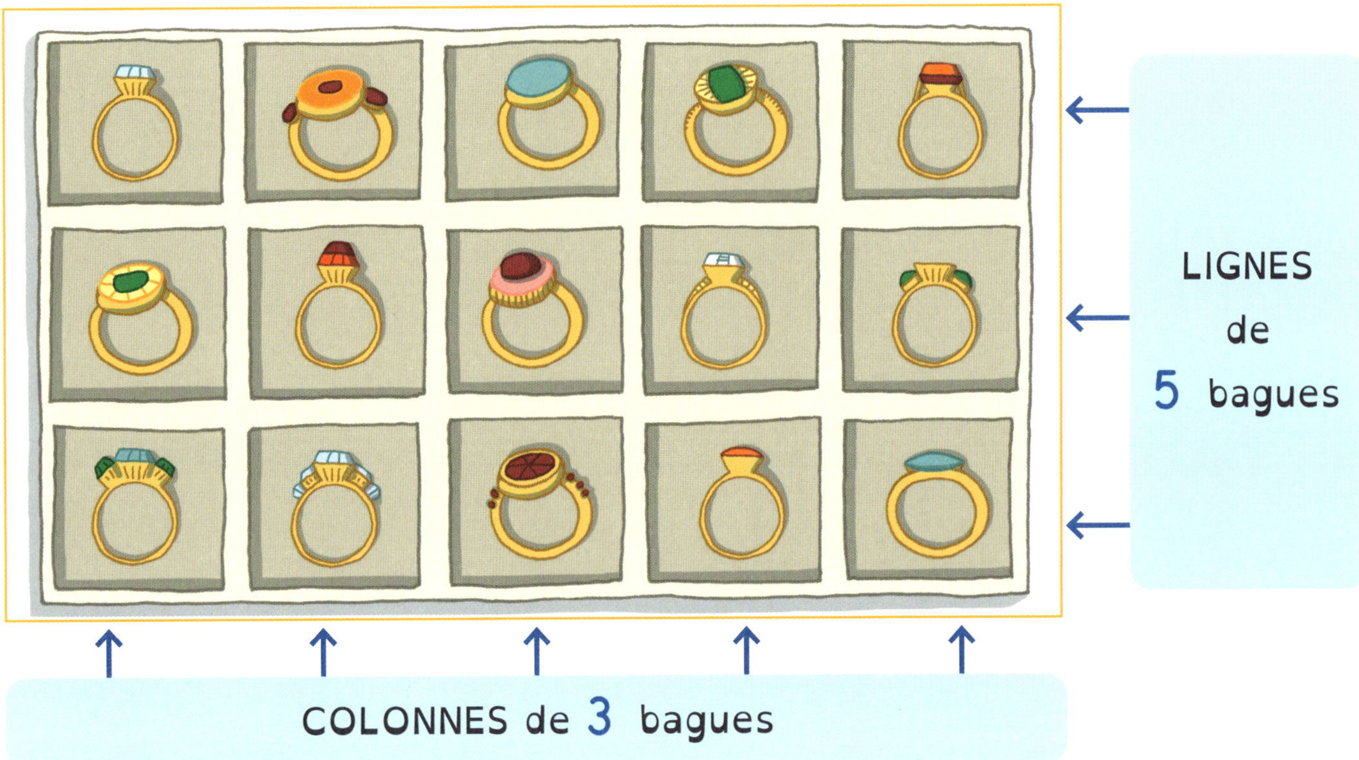

- Elsa veut compter ses bagues. Elle a deux possibilités :

→ par LIGNE : $5 + 5 + 5 = 15$ (addition)

Il y a 3 fois la quantité 5.

Donc $3 \times 5 = 15$ (multiplication, qui est plus rapide que l'addition)

→ par COLONNE : $3 + 3 + 3 + 3 + 3 = 15$ (addition)

Il y a 5 fois la quantité 3.

Donc $5 \times 3 = 15$ (multiplication, qui est plus rapide que l'addition)

- Observe que les deux multiplications donnent le même résultat : Elsa a toujours 15 bagues !

Je m'entraine

2×2 Diégo est le frère d'Elsa. Il aime aligner ses petites voitures.

Diégo veut compter ses petites voitures. Aide-le.

- par LIGNE :

addition ____________________

multiplication ____________________

- par COLONNE :

addition ____________________

multiplication ____________________

- Diégo a 12 petites voitures.

- Quelle méthode est ici la plus rapide selon toi ?

Je mesure une longueur avec une règle

Je comprends

- Pour mesurer une longueur sur une feuille, on peut utiliser une RÈGLE GRADUÉE. « Graduée » signifie que la règle a des petits traits avec des chiffres gravés : c'est la graduation.

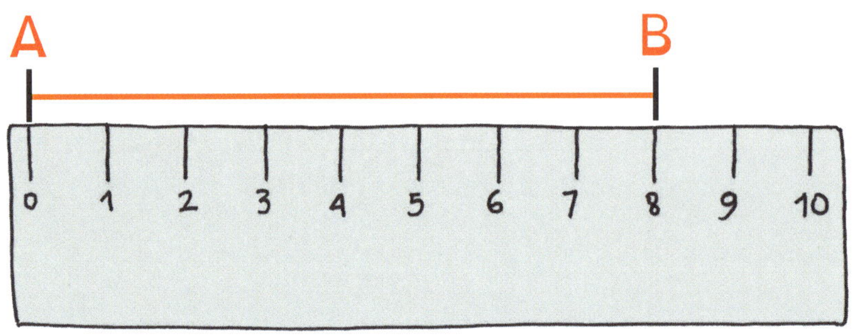

- La longueur du segment [AB] est la distance entre le point A et le point B. Pour la mesurer, j'utilise la règle :

⟶ je place la règle le long du segment [AB],

⟶ je déplace la règle pour que le point A soit bien aligné sur le repère 0 (pas au bord de la règle !),

⟶ je lis le nombre qui est en dessous du point B, ici 8.

La longueur du segment [AB] est de 8 cm. (cm signifie centimètres)

$$AB = 8 \text{ cm}$$

On utilise différentes unités de longueur :

⟶ les **centimètres** (cm) pour les petits objets (stylos, lacets...),

⟶ les **mètres** (m) pour les objets plus grands (arbres, immeubles...),

⟶ les **kilomètres** (km) pour la distance entre deux villes.

Je m'entraine

1 Voici les livres les plus petits du monde ! Mesure avec ta règle la hauteur de chacun, entre les points A et B.

4 cm   6 cm   2 cm

2 Mesure la longueur de chaque segment, puis colle les petites bêtes en fonction de leur distance avec le pot de miel.

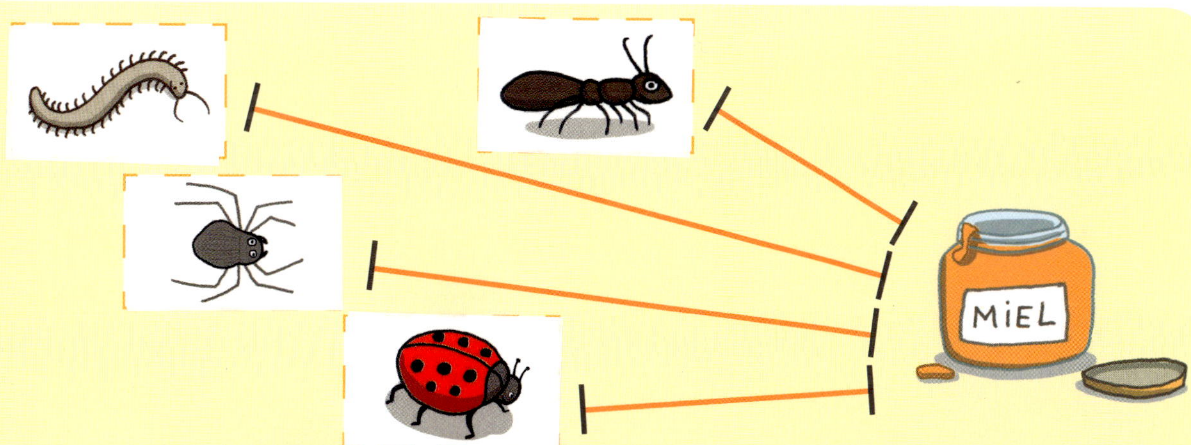

 3 cm	 4 cm	 7 cm	 9 cm

Je découvre les polygones

Je comprends

- Un **polygone** est une figure géométrique fermée, entièrement tracée à la règle, qui a plusieurs côtés.
  Tu en connais déjà certains :

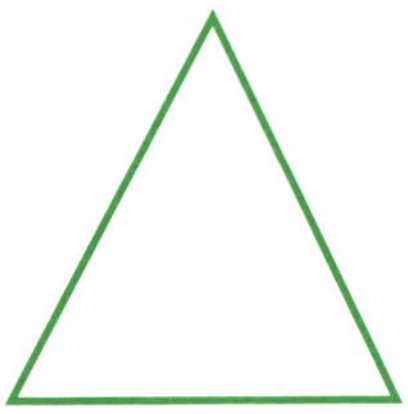

Le triangle
(3 côtés)

Le carré
(4 côtés)

Le rectangle
(4 côtés)

- Certains polygones ont plus de côtés :

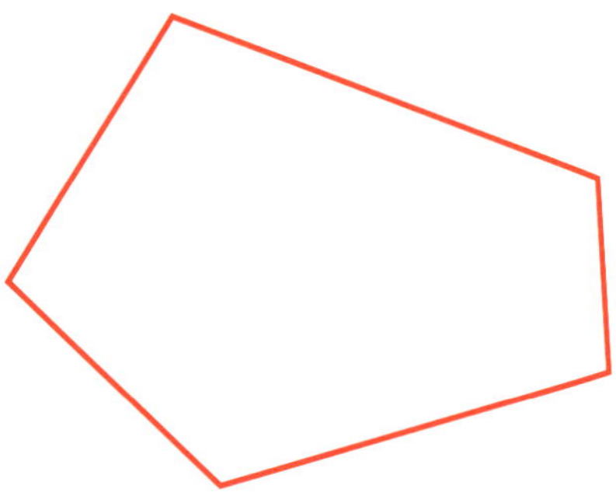

5 côtés

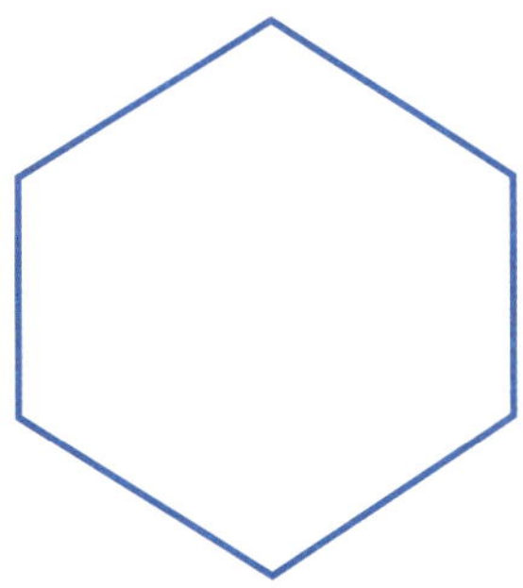

6 côtés

- Cette forme **n'est pas** un polygone.
  Elle est bien entièrement tracée à la règle, elle a des côtés, mais **elle n'est pas fermée.**

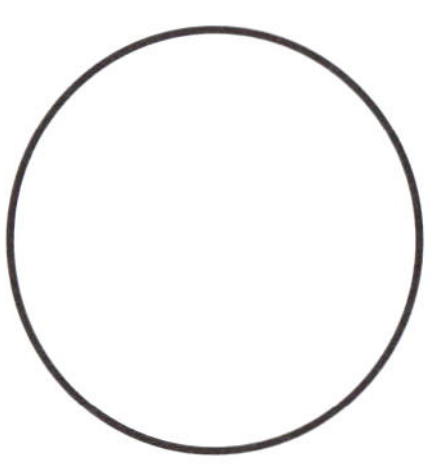

- Cette forme **n'est pas** non plus un polygone.
  Elle est fermée mais n'est pas **entièrement tracée à la règle et n'a pas de côtés.**

Je m'entraine

1 Barre les figures qui ne sont pas des polygones.

2 Colorie les polygones en fonction de leur nombre de côtés.

3 côtés — 4 côtés — 5 côtés

- Connais-tu le nom de certains de ces polygones ?

Je sais lire l'heure

Je comprends

- Il est 2 h 15 : deux heures et quart.

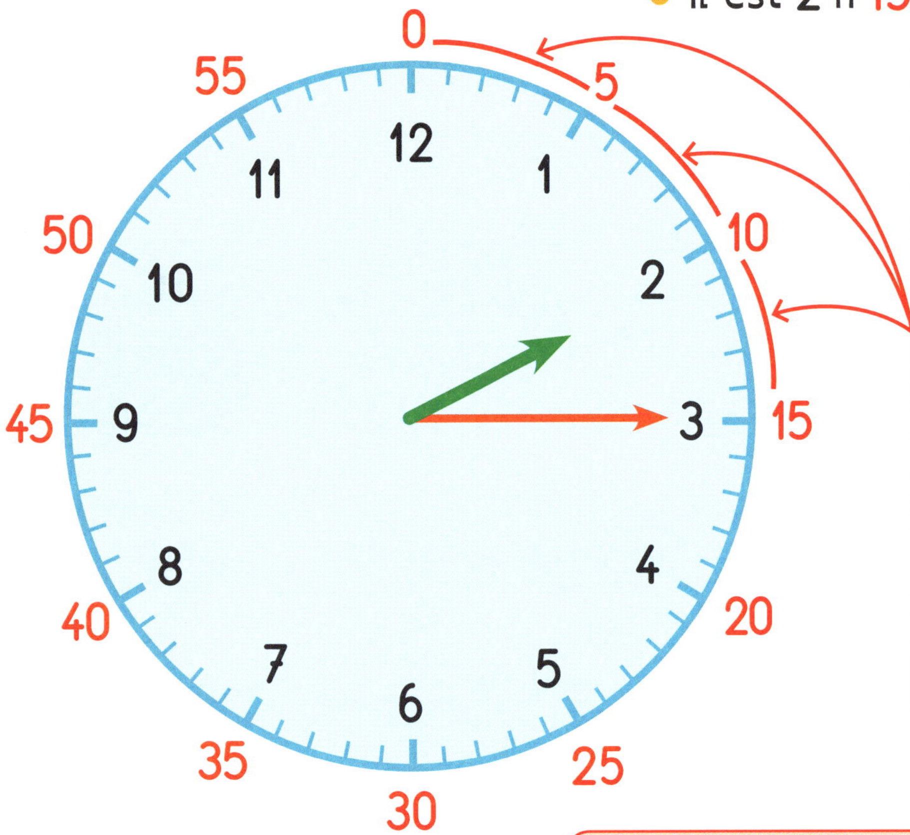

La petite aiguille indique les heures : 2 heures.

La grande aiguille indique les minutes : 3 intervalles de 5 minutes depuis le 0 : soit 3 x 5 = 15 minutes.

La grande aiguille fait le tour du cadran en 60 minutes, soit 1 heure.

- Voici deux autres exemples :

4 h 30
quatre heures et demie

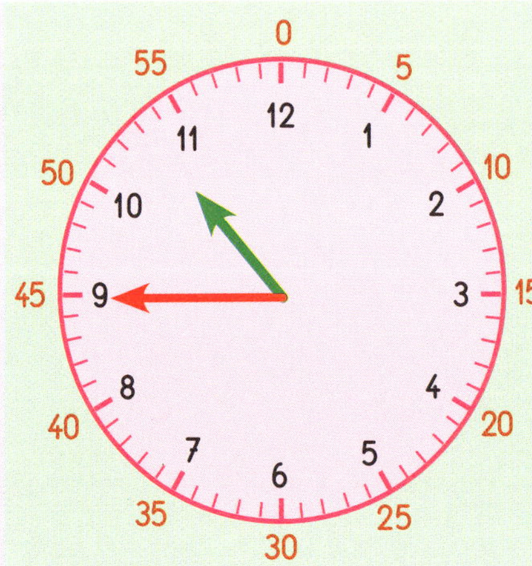

10 h 45
onze heures moins le quart

- Au fait, quelle heure est-il, là, tout de suite ?

Je m'entraine

1 Trace les aiguilles des horloges.

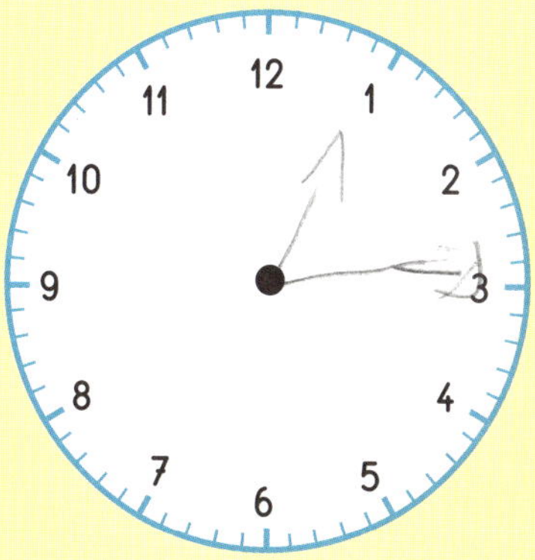

une heure et quart

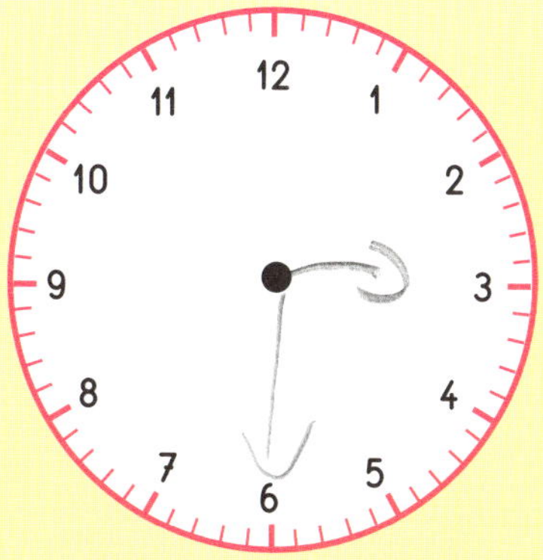

trois heures et demie

dix heures quarante

2 Loïs et ses parents prennent le train pour aller chez Mamie à Lyon. Le voyage dure deux heures.
Observe les dessins et écris les différentes heures.

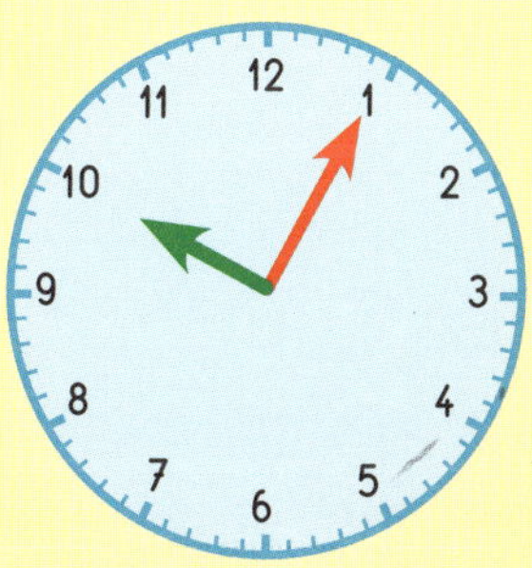

Tableau des départs

PARIS	10 h 10
LYON	10 h 25
MARSEILLE	11 h 05

Heure d'arrivée à la gare de départ	Heure de départ du train	Heure d'arrivée du train à Lyon
10 h 05	10 h 25	12 h 25

Je connais les mois et les saisons

Je comprends

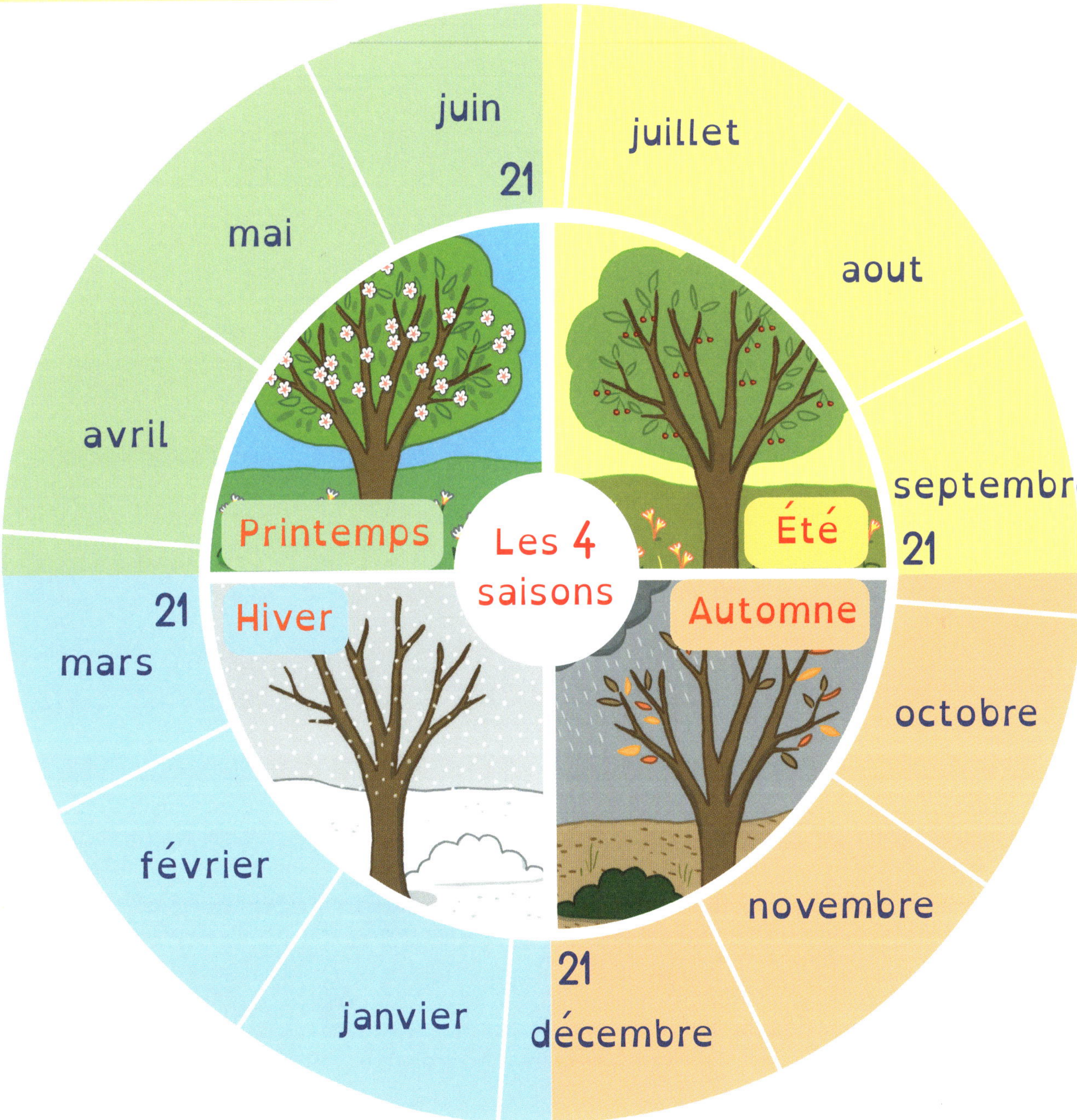

- Voici une année complète. Elle s'étend sur **12 mois.**

Elle compte 365 ou 366 jours, suivant le nombre de jours en février.
Il y a 30 ou 31 jours dans un mois, sauf en février (28 ou 29).

- Quel jour sommes-nous ? Quand est ton anniversaire ?

Je m'entraine

1 Voici le calendrier du mois de juillet qui compte 31 jours. Complète-le avec les dates qui manquent.

JUILLET						
Lundi	Mardi	Mercredi	Jeudi	Vendredi	Samedi	Dimanche
			1	2	3	4
5	6	7	....	9	10	....
12	....	14	....	....	....	18
....	20	21	22	....	24	....
....	27	....	29	30	31	

2 Réponds aux questions.

- En quelle saison est le mois de juillet ?
- Colorie sur le calendrier le premier et le dernier jour du mois.
- Combien y a-t-il de vendredis ? ....
- Théo arrive chez sa tante le mercredi 7 juillet au matin et y reste 5 jours et 5 nuits. Quel jour va-t-il repartir ?

Je découvre la vie au temps de mes grands-parents

Je comprends

Dans la cour, on jouait à la marelle, aux billes et aux osselets.

On écrivait avec un porteplume et de l'encre.

La blouse était obligatoire.

Il y avait l'école des filles et l'école des garçons.

À L'ÉCOLE

Quand mes grands-parents étaient petits...

À LA MAISON

La télévision était en noir et blanc.

Le téléphone avait un fil et un cadran qui tourne.

Il y avait peu de voitures et elles étaient très différentes de maintenant.

On écoutait des chansons grâce à des disques et un tourne-disque.

Je m'entraine

Chaque texte te présente un objet de l'époque où tes grands-parents étaient petits. Colle son image en face.

Pas de stylo pour écrire mais un objet avec une pointe en métal trempée dans de l'encre : le **porteplume.** →

Pas de CD ni de mp3, on écoutait les chansons sur un **tourne-disque.** →

Peu de machines à laver, on lavait le linge en le frottant sur une **planche à laver.** →

Pas de cafetière électrique, on devait moudre le café grâce au **moulin à café.** →

- Demande à tes grands-parents de te raconter quelques souvenirs de leur jeunesse...

La France et ses voisins

Je comprends

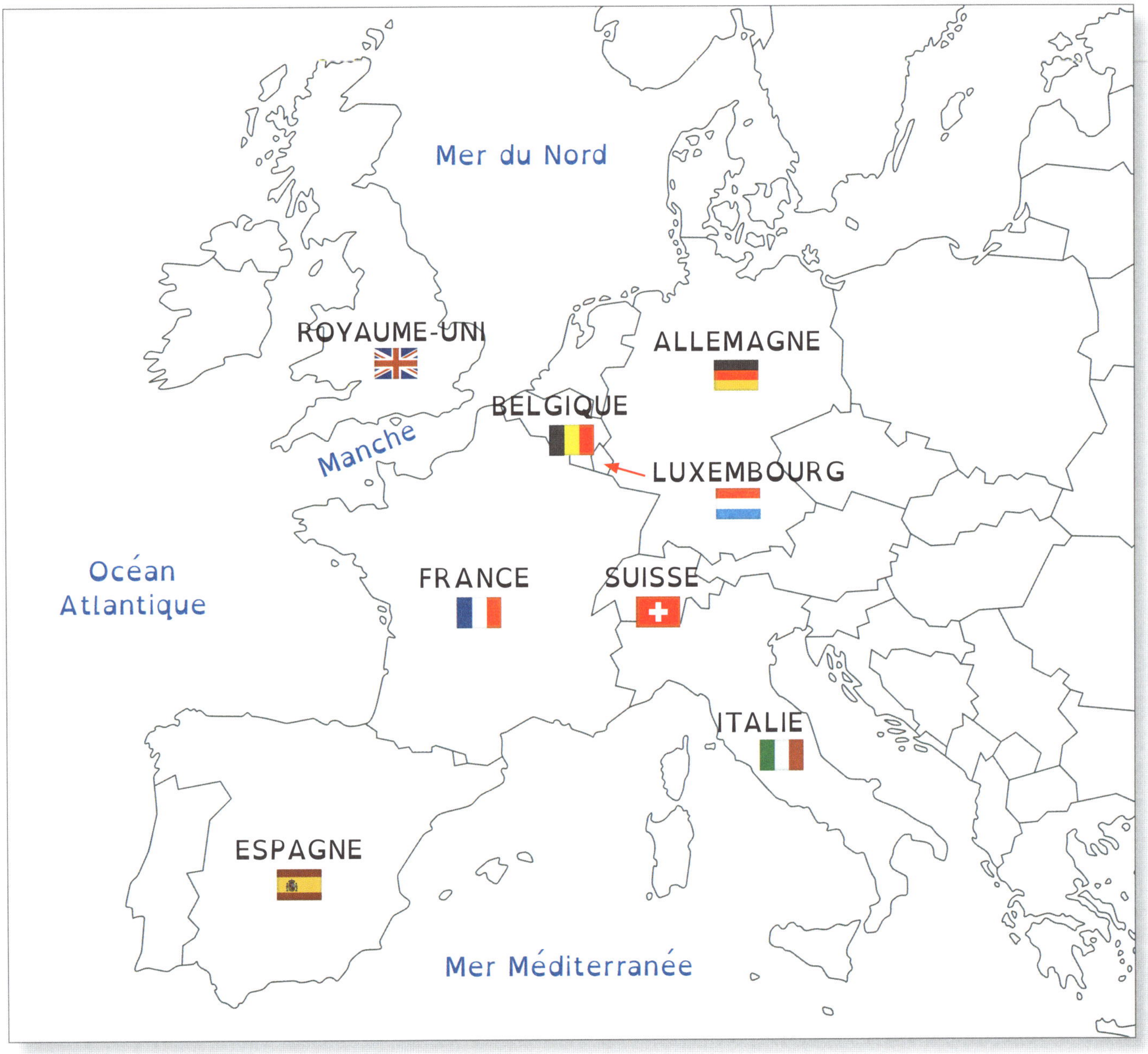

- La France se trouve à l'ouest de l'Europe qui se compose de nombreux pays.
- Elle est séparée de ses proches voisins par des frontières qui limitent les différents territoires.
- Les frontières peuvent être terrestres mais aussi maritimes : ce sont alors les mers qui bordent la France.

Je m'entraine

écrire

1 D'après la page 60, écris les frontières maritimes de la France et colorie-les en bleu sur la carte.

la m______ du ______

la M______

l'o______ ______

la m______ ______

2 Colorie la France en vert et repasse en rouge les frontières qui la séparent de ses voisins.

écrire

3 Quels sont les 6 pays limitrophes de la France, c'est-à-dire les pays qui ont une frontière commune avec elle ?

l'E______

l'I______

la S______

l'A______

le L______

la B______

Je découvre le squelette

Je comprends

- Notre squelette est un ensemble de **206 os** rigides, c'est-à-dire très durs, recouverts par les **muscles** et la **peau**.
  Les muscles, la peau et les os te permettent de tenir debout.
  Notre corps est composé de 3 parties.

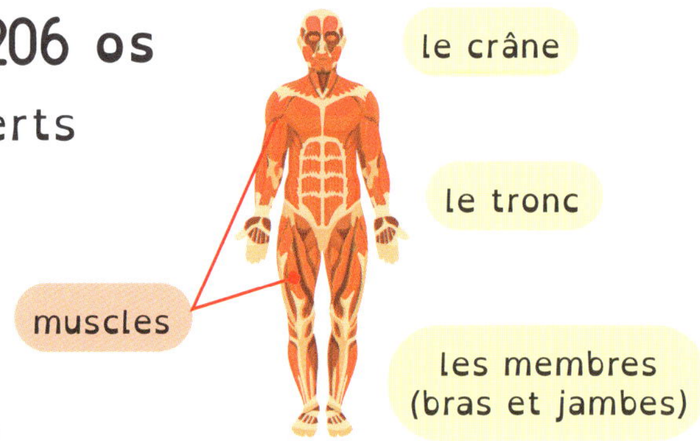

- On regroupe les os en 6 groupes principaux.

1. le crâne
2. la colonne vertébrale
3. la cage thoracique
4. le bassin
5. les bras
6. les jambes

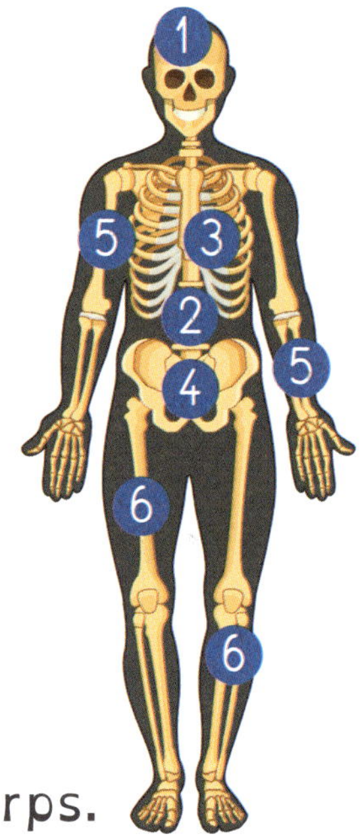

- Les articulations unissent les os entre eux et te permettent de bouger et de plier ton corps.

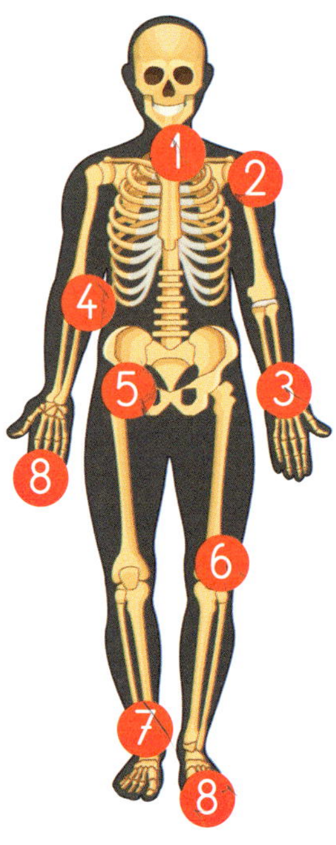

1. le cou
2. l'épaule
3. le poignet
4. le coude
5. la hanche
6. le genou
7. la cheville
8. les doigts et les orteils

Je m'entraine

1 Colle sur le squelette 1 les groupes d'os.

1 Les os

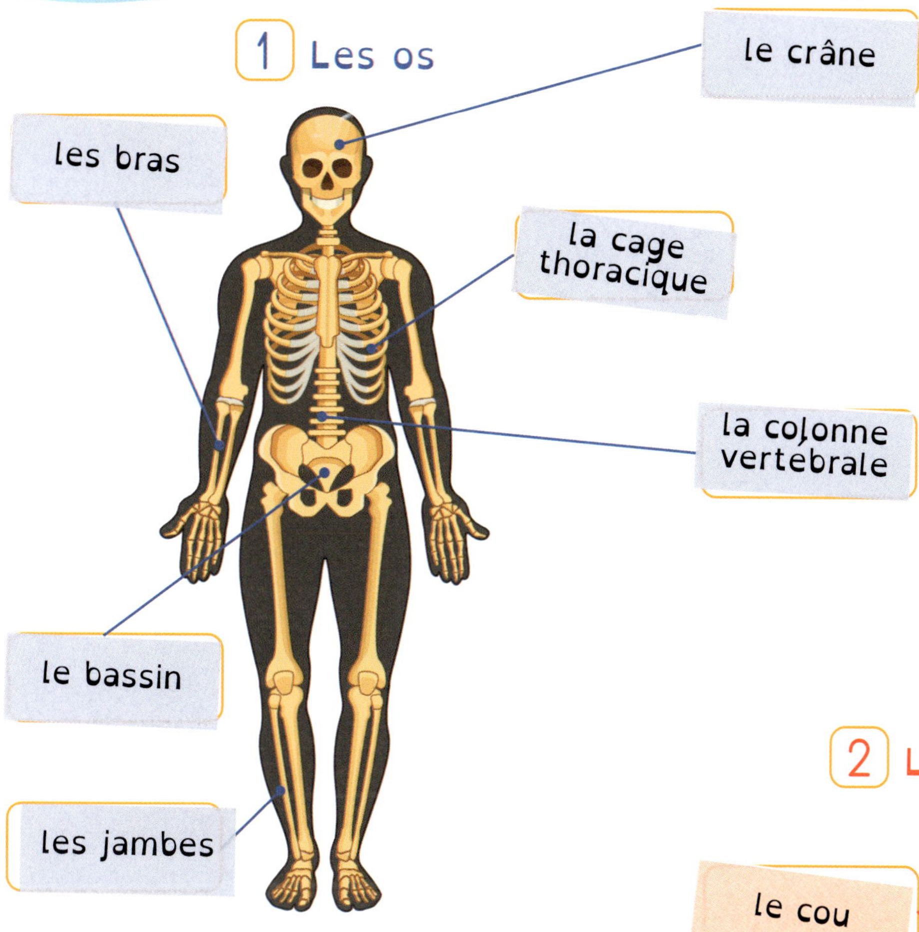

2 Colle sur le squelette 2 les articulations.

2 Les articulations

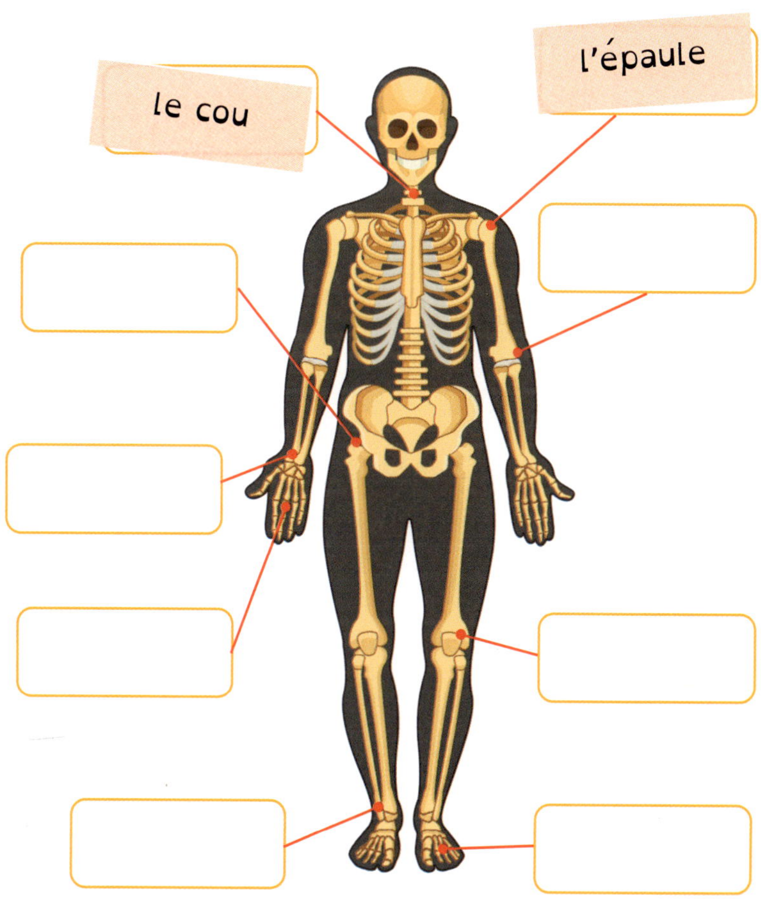

Je distingue différentes façons de naitre

Je comprends

- Chez certains animaux, la mère pond un œuf.
Le petit (l'embryon) grandit dans l'œuf jusqu'à l'éclosion.
Ces animaux sont des **ovipares**.

- Chez d'autres animaux, l'embryon se développe à l'intérieur du corps de la mère. Lors de la naissance, le petit sort tout formé.
Ces animaux sont des **vivipares**.

Je m'entraine

Colle les animaux sur le bon dessin, selon qu'ils sont ovipares ou vivipares.

- Les humains sont-ils ovipares ou vivipares ?

Je connais quelques propriétés des solides et des liquides

Je comprends

- La transformation de l'eau

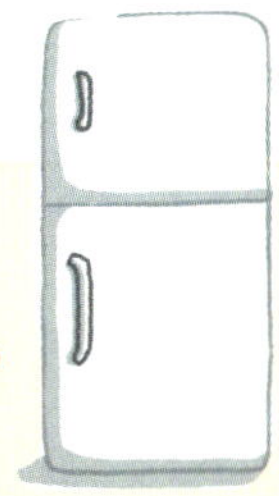

1. On verse de **l'eau liquide** dans un bac.

2. Au congélateur, elle devient **dure** : c'est la **solidification.**

3. On obtient alors des **glaçons** : l'eau est **solide.**

4. Avec la chaleur, les glaçons **fondent** : c'est la **fusion.** On obtient à nouveau de l'eau **liquide.**

- La transformation du chocolat

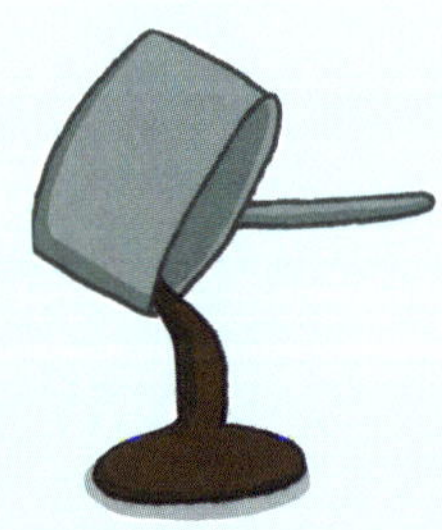

1. On a une tablette de chocolat **solide.**

2. Quand on chauffe le chocolat, il fond : c'est la **fusion.**

3. On obtient alors du chocolat **liquide.**

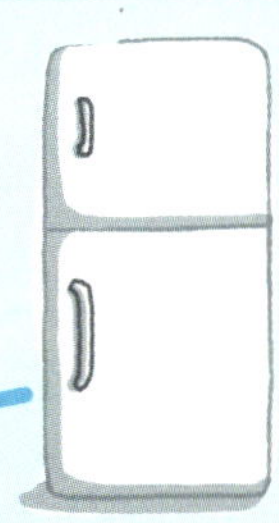

4. Placé au réfrigérateur, le chocolat redevient dur : c'est la **solidification.**

Je m'entraine

écrire

1 Complète cette recette avec les mots qui conviennent.

solide – liquide – glaçons – congélateur

- Verse du jus de fruits dans un bac à ______________________.
- À ce moment, le jus est ______________________.
- Place le bac au ______________________.
- Quand le jus commence à se solidifier, pique un bâtonnet dedans. Au bout de 4 heures, le jus s'est transformé en refroidissant : il est devenu complètement ______________________.
- Tu peux maintenant déguster tes bâtonnets de sorbet !

2 Colorie les aliments qui peuvent fondre ou se solidifier.

eau

chocolat

noix

riz

glace

huile

beurre

pain

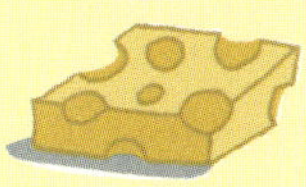
gruyère

J'exprime mes émotions

Je comprends

- Demande à un adulte de te lire ces dialogues ou écoute-les.

- Avec un adulte, essaie de redire ces dialogues.
Commence par jouer l'enfant qui répond à la question.
Mime l'émotion correspondant à sa réponse.
Essaie ensuite de jouer le rôle de l'enfant qui pose les questions.

Je m'entraine

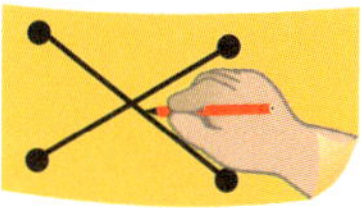

1 Observe les expressions des enfants sur la page 68, puis relie l'émotion en anglais avec sa traduction française.

I'm fine, thank you.	Je suis heureux.
I'm happy.	Je suis triste.
I'm sad.	Je vais bien, merci.
I'm so-so.	Je suis fatigué.
I'm angry.	Je suis en colère.
I'm tired.	Comme ci comme ça.

2 Comment vas-tu ? Réponds à la question.

How are you?

I'm happy

3 Écris l'émotion qui correspond à chaque dessin.

happy

angry

sad

tired

Je connais les couleurs

Je comprends

- Demande à un adulte de te lire ces couleurs ou écoute-les.

black

white

red

blue

green

yellow

- Montre chaque pot de peinture et donne sa couleur en anglais.

Je m'entraine

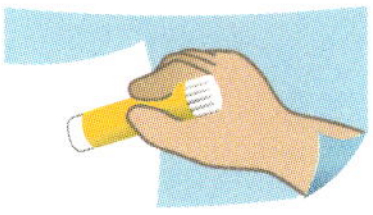

1 Demande un vieux magazine à un adulte. Découpe une image de couleur et colle-la dans la bonne case.

red	blue	green
yellow	black	white

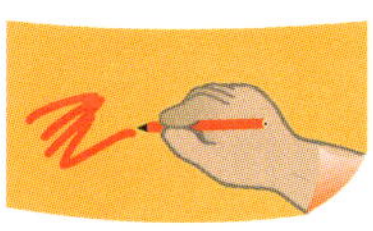

2 Colorie les cases selon les couleurs indiquées en anglais.

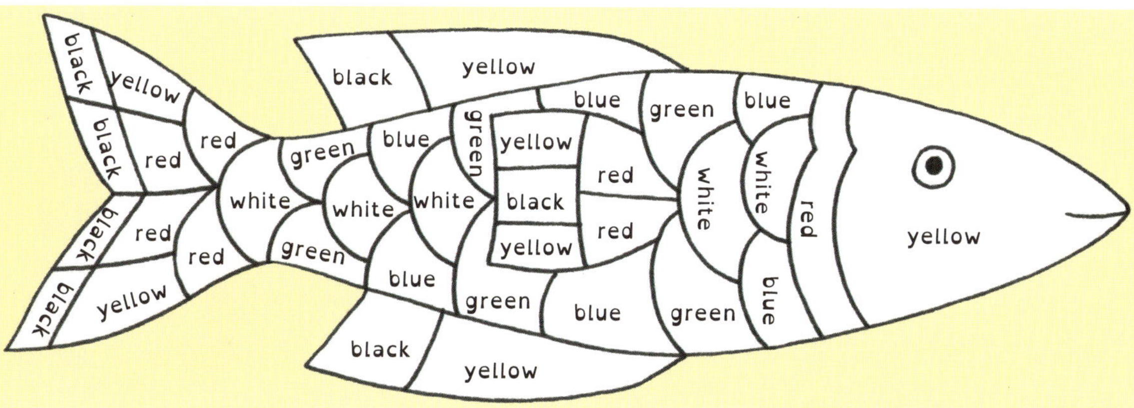

Monstres et légendes

Je comprends

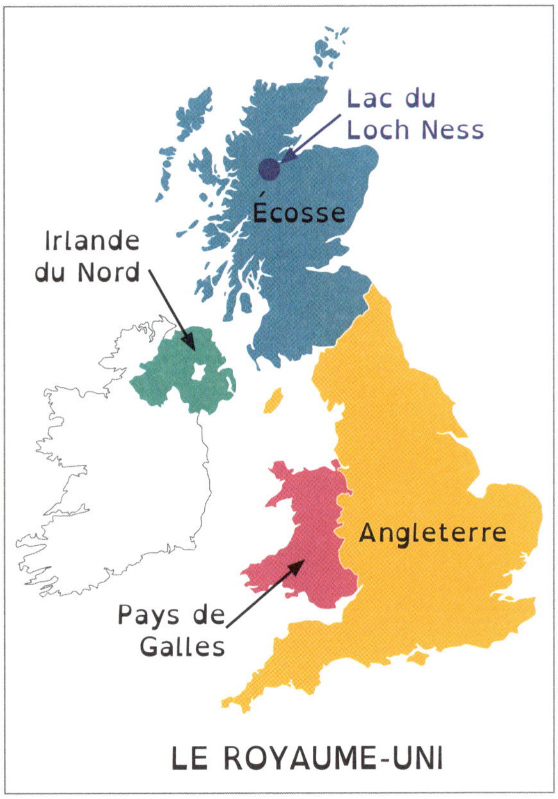

- En Écosse, nation du Royaume-Uni, il y a un lac : le loch Ness. Une légende raconte qu'un monstre vit dans ce lac. Ce monstre ressemblerait à un dinosaure. On l'a surnommé « Nessie ». Certaines personnes pensent qu'il s'agit d'une blague et que le monstre du loch Ness n'existe pas.

- Aux États-Unis, il y a aussi un monstre légendaire : le Bigfoot. Il ressemble à un singe de grande taille qui marche sur ses deux jambes aux pieds énormes. Il aurait été aperçu en de nombreux endroits, dans les forêts.

Je m'entraine

1 Réponds aux questions.

- Pourquoi le monstre écossais s'appelle-t-il Nessie ?
- Quelles sont tes émotions face à ces monstres de légende : la peur, la curiosité, l'indifférence, d'autres émotions ?
- Connais-tu d'autres monstres, dans des albums ou des livres par exemple ?

2 Dans chaque case, entoure la phrase vraie.

- Le loch Ness se trouve en Écosse.
- Le loch Ness se situe en Angleterre.

- Nessie existe vraiment.
- Nessie n'existe peut-être pas.

- Bigfoot signifie « serpent de mer ».
- Bigfoot veut dire « grand pied ».

- Le Bigfoot a l'air d'un singe.
- Le Bigfoot ressemble à un dinosaure.

Corrigés

Je connais un texte de fiction 4

1 Il faut écrire les mots dans cet ordre :

beurre, loup, sentier, lit, porte.

2 Il faut relier ainsi :

Oh mère-grand, comme vous avez de grands yeux ! → C'est pour mieux te voir, mon enfant.

Oh mère-grand, comme vous avez de grandes oreilles ! → C'est pour mieux t'entendre, mon enfant.

Oh mère-grand, comme vous avez de grandes dents ! → C'est pour mieux te manger, mon enfant !

CONSEIL PARENTS

Il est très utile de lire des histoires à deux, par exemple une page chacun.

Je comprends un texte explicatif 6

Il faut écrire les mots dans cet ordre :

distribuez, faites, posez, dites, rejouez.

CONSEIL PARENTS

Réalisez ensemble une recette ou découvrez les règles d'un nouveau jeu.

J'écris une lettre à un(e) ami(e) 8

CONSEIL PARENTS

Proposez à votre enfant d'écrire une lettre (utilisez le modèle de l'exercice 1) à un membre de la famille ou à un(e) de ses ami(e)s. Choisissez un joli papier et une belle enveloppe (ou décorez-les ensemble). Puis allez avec votre enfant à la poste afin qu'il envoie lui-même sa lettre. Ainsi il verra tout le processus.

Le jeu des phrases : qui est où ? 10

Partie 1 : Léa dans la cuisine / Romane dans la salle de jeux / Thomas dans la salle de bain / Lison dans la chambre / Loula dans le salon / Nino aux toilettes.

Partie 2 : Romane dans le salon / Thomas dans la salle de jeux / Lison aux toilettes / Loula dans la cuisine / Nino dans la salle de bain / Léa dans la chambre.

Partie 3 : Thomas dans la cuisine / Lison dans la salle de bain / Loula aux toilettes / Nino dans le salon / Léa dans la salle de jeux / Romane dans la chambre.

Partie 4 : Lison dans la cuisine / Loula dans la chambre / Nino dans la salle de jeux / Léa dans la salle de bain / Romane aux toilettes / Thomas dans le salon.

CONSEIL PARENTS

Vous pouvez créer d'autres parties sur le même modèle en pensant bien à ce qu'il n'y ait qu'un personnage par pièce et que chacune soit occupée.

Je remets une histoire dans l'ordre 12

Je comprends 3 1 2 4

1 De gauche à droite : 2 4 1 3

2 Gustave. Il pourrait jouer au ballon avec ses amis.

3 Parce qu'il est timide et n'ose pas parler aux autres enfants.

Je connais les différentes écritures du son « o » 14

1 vélo, gâteau, gaufre, robot, oiseau.

2 BERCEAU, MOTOS, CADEAU, ROSES, CRAPAUD, CHAUSSURE.

CONSEIL PARENTS

Sur un écrit de la vie courante (un journal, un magazine...), proposez à votre enfant de retrouver différentes écritures du son « o ».

Je connais les différentes écritures du son « an » 16

1 Il faut entourer les éléments suivants sur le dessin : ancre, jambe, tempête, dent, pantalon, lampe, serpent, gant, vent.

2

manger	camper
gant	tambour
ancre	jambe
pantalon	lampe

et

sentir	emmener
dent	emballer
serpent	emporter
vent	tempête

CONSEIL PARENTS

Comme précédemment, votre enfant peut retrouver différentes écritures du son « an » sur un écrit de la vie courante (un journal, un magazine...).

Je connais les différentes prononciations de la lettre g 18

1 En rouge : gorille, guirlande, gamelle.

En vert : pigeon, genou, bougie.

2 garagiste - guenon.

3 bourgeons - garagiste.

CONSEIL PARENTS

Dans un texte que vous choisirez ensemble, votre enfant repère « g », « gu », « ge »,« j » et tente de lire le mot.

Je cherche des mots dans le dictionnaire 20

1 1 : magicien ; 2 : pilote ; 3 : pirate ; 4 : policier ; 5 : pompier ; 6 : roi.

2 Il faut entourer : abricot, aubergine, basilic.

CONSEIL PARENTS

Pensez à un mot peu usuel et demandez à votre enfant de le trouver dans le dictionnaire et d'en lire la définition.

Le jeu de l'oie des synonymes 22

1 construire bâtir	2 gros énorme	3 grenier combles	4 épuisé fatigué
5 auto voiture	6 magasin commerce boutique	7 désirer vouloir	8 joli beau
9 chat matou	10 rempli plein	11 ville commune	12 piloter conduire
13 biscuit gâteau	14 ami camarade copain	15 bavard loquace	
17 chaussée route	18 âtre cheminée	19 laver nettoyer	20 généreux charitable
21 exiger demander		23 salir souiller tacher	24 agréable plaisant
	26 friandise sucrerie	27 crier hurler	28 bête animal
29 rigoler rire	30 fort costaud	31 vainqueur gagnant	

Je distingue le sens propre et le sens figuré 24

1 Je dévore mon repas : sens propre.
Lola dévore son livre : sens figuré.
Il me casse les pieds : sens figuré.
Nils a cassé son vélo : sens propre.

2 Par exemple : Le matin, je mange mes céréales dans un bol.

Je sais construire une phrase 26

1 Anouk vit dans un iglou en Alaska.

2 Il faut cocher :
Va jouer dehors !
La poule est sur le mur.

3 Où manges-tu demain ?
Quelle surprise de te voir !
Jules et Oscar vont au cinéma .

Je trouve le verbe dans une phrase 28

1 Elle court - Le chat boit - Ils mangent.

2 Il faut entourer : aime, habite, se creuse, s'agite, est, emplit.

CONSEIL PARENTS

Vous pouvez faire cet exercice à l'oral : lisez lentement un extrait d'histoire à votre enfant et demandez-lui de repérer le verbe.

Le jeu du féminin-voitou 30

un avocat une avocate	un jumeau une jumelle	un garçon une fille
un vendeur une vendeuse	un skieur une skieuse	un paysan une paysanne
un cochon une truie	un élève une élève	un cheval une jument
un boulanger une boulangère	un chat une chatte	un ogre une ogresse
un coq une poule	un prince une princesse	un maitre une maitresse
un taureau une vache	un canard une cane	un coquin une coquine
un pharmacien une pharmacienne	un sportif une sportive	un sorcier une sorcière
un singe une guenon	un astronaute une astronaute	un amoureux une amoureuse
un lapin une lapine	un danseur une danseuse	un conteur une conteuse
un ours une ourse	un champion une championne	un comédien une comédienne

Je découvre les classes des mots 32

1 Il faut colorier ainsi :

Mon gentil chat court vite.

Il joue sous la table blanche.

Je comprends les bases de la numération 36

CONSEIL PARENTS

Il est très important de passer par un support concret pour expliquer la numération en base 10.

Exemple avec des billes :

Quand on a une grosse quantité de billes et qu'on veut savoir combien on en a :

- on commence par les regrouper en petits sacs de **10 billes** (dizaines). On ne peut pas faire un sac tant qu'il n'y a pas 10 billes, mais dans un sac on ne peut pas mettre plus de 10 billes ;

- quand on aura **10** sacs, on les regroupera dans **un** carton correspondant à la centaine. On ne peut pas faire un carton tant qu'on n'a pas 10 sacs, mais on ne peut pas mettre plus de 10 sacs dans un carton.

Je connais les nombres jusqu'à 100 38

1 2 sacs de 10 jouets et 7 jouets restent seuls.

2 Il faut colorier de la même couleur : 27, 2d 7u et vingt-sept.
Il faut colorier de la même couleur : 32, 3d 2u et trente-deux.

3 27 = 2d 7u   32 = 3d 2u

Je sais encadrer un nombre à 2 chiffres 40

1 51 < 52 < 53 < 54 < 55
68 > 67 > 66 > 65 > 64

2 3 < 4 < 5   44 < 47
98 > 78   30 > 28 > 20
35 < 41   81 > 79

Je découvre les nombres jusqu'à 1 000 42

2 Il faut colorier les étiquettes : 2c 5d 6u, 256, deux-cent-cinquante-six, 2c + 5d + 6u et 200 + 50 + 6.

Je sais poser une addition 44

1

$$\begin{array}{r} 124 \\ +\ 43 \\ \hline 167 \end{array} \qquad \begin{array}{r} 357 \\ +\ 241 \\ \hline 598 \end{array}$$

2

$$\begin{array}{r} (1)\ \ \\ 628 \\ +\ 236 \\ \hline 864 \end{array} \qquad \begin{array}{r} (1)\ \ \\ 412 \\ +\ 197 \\ \hline 609 \end{array}$$

> **CONSEIL PARENTS**
>
> Il est important de verbaliser tout ce qui se passe au cours de l'addition. Par exemple, pour la seconde addition de la partie « Je comprends » page 44, 8 + 5 = 13. Je pose 3 (unités) et je retiens 1 (dizaine).

Je sais poser une soustraction 46

1

$$\begin{array}{r} 862 \\ -\ 321 \\ \hline 541 \end{array} \qquad \begin{array}{r} 984 \\ -\ 573 \\ \hline 411 \end{array}$$

2

$$\begin{array}{r} (1)\ \ \\ 475 \\ -\ 238 \\ (+1)\ \ \ \ \\ \hline 237 \end{array} \qquad \begin{array}{r} (1)\ \ \\ 616 \\ -\ 482 \\ (+1)\ \ \ \ \\ \hline 134 \end{array}$$

> **CONSEIL PARENTS**
>
> Comme pour l'addition, il est important de verbaliser tout ce qui se passe au cours de la soustraction.

Je découvre la multiplication 48

1 par LIGNE : addition $6 + 6 = 12$

multiplication $2 \times 6 = 12$

par COLONNE : addition $2 + 2 + 2 + 2 + 2 + 2 = 12$

multiplication $6 \times 2 = 12$

Diégo a 12 petites voitures.
La multiplication est plus rapide.

Je mesure une longueur avec une règle 50

1 4 cm 6 cm 2 cm

2 En haut : le mille-pattes et la fourmi
Au milieu : l'araignée
En bas : la coccinelle

Je découvre les polygones 52

1

2

> **CONSEIL PARENTS**
>
> Expliquer le mot polygone peut aider certains enfants : ***poly*** veut dire plusieurs et ***gone*** veut dire angle.

Je sais lire l'heure 54

1

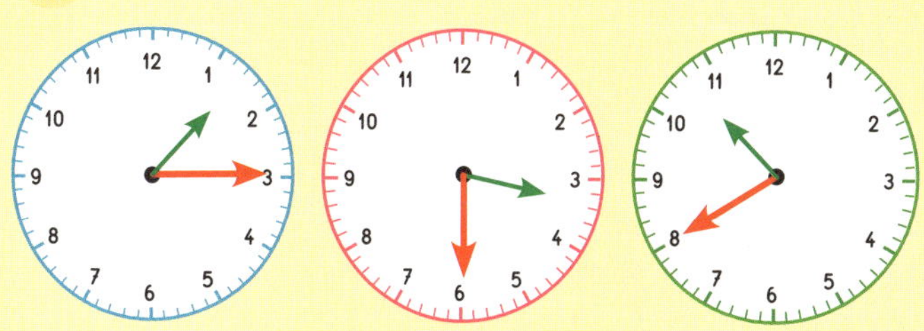

2 Heure d'arrivée à la gare de départ : 10 h 05

Heure de départ du train : 10 h 25

Heure d'arrivée du train à Lyon : 12 h 25
car le voyage dure deux heures.

Je connais les mois et les saisons...56

1 Il faut rajouter : 8, 11, 13, 15, 16, 17, 19, 23, 25, 26, 28.

2 Le mois de juillet est en été.

Il faut colorier le 1 et le 31.

Ce mois de juillet comprend 5 vendredis.

Théo repartira le lundi 12 juillet.

Je découvre la vie au temps de mes grands-parents 58

1 Coller dans cet ordre de haut en bas :
le porteplume, le tourne-disque, la planche à laver et le moulin à café.

La France et ses voisins..........60

1 la mer du Nord / la Manche / L'océan Atlantique / la mer Méditerranée.

3 L'Espagne / L'Italie / La Suisse / L'Allemagne / Le Luxembourg / La Belgique.

CONSEIL PARENTS

Dans un atlas ou sur Internet, retrouvez avec votre enfant les différents pays qui bordent la France et nommez-les, ainsi que les frontières maritimes.

Je découvre le squelette 62

1 **2** Voir la leçon p. 62 pour vérifier ces exercices.

CONSEIL PARENTS

Jouez avec votre enfant, sur votre corps et le sien, à retrouver les différents os appris dans cette leçon, ainsi que les articulations. Invitez votre enfant à bouger ces dernières afin qu'il comprenne physiquement leur rôle.

Je distingue différentes façons de naitre..........64

En haut, il faut coller les ovipares : tortue, grenouille, poisson et oiseau. En bas, il faut coller les vivipares : jument, chèvre, vache et chienne.

Les humains sont vivipares.

Je connais quelques propriétés des solides et des liquides..........66

1 Dans cet ordre : *glaçons, liquide, congélateur, solide.*

2 Peuvent fondre ou se solidifier : l'eau, le beurre, le chocolat, la glace, l'huile (elle se fige quand il fait froid) et le gruyère (il fond sur les pâtes chaudes).

J'exprime mes émotions..........68

1 I'm fine, thank you. → Je vais bien, merci.
I'm happy. → Je suis heureux.
I'm sad. → Je suis triste.
I'm so-so. → Comme ci comme ça.
I'm angry. → Je suis en colère.
I'm tired. → Je suis fatigué.

3 happy, angry, sad, tired.

Je connais les couleurs..........70

CONSEIL PARENTS

Voici un jeu. Dites à votre enfant : « Go to something red. » (Va vers quelque chose de rouge).
En bougeant, il retiendra mieux les couleurs.
Faites de même avec les autres couleurs.

Monstres et légendes..........72

1 Il s'appelle Nessie parce que la légende dit qu'il vit dans le loch Ness.

2 Le loch Ness se trouve en Écosse.
Nessie n'existe peut-être pas.
Bigfoot veut dire « grand pied ».
Le Bigfoot a l'air d'un singe.

Étiquettes à découper

Page 30

un avocat	un jumeau	un garçon	un vendeur
un skieur	un paysan	un cochon	un élève
un cheval	un canard	un chat	un coq
un ogre	un prince	un maitre	un taureau
un sorcier	un singe	un coquin	un sportif
un lapin	un danseur	un conteur	un ours

un boulanger	un astronaute	un pharmacien
un champion	un comédien	un amoureux

Crédits photographiques :
p. 62-63 © Idey - stockadobe.com
p. 70 © salamahin - stockadobe.com
p. 72 © okili77 - stockadobe.com.

Autocollants

Colle ces autocollants pour compléter les activités correspondantes.

Page 10

Léa Thomas Nino Romane Lison Loula

Colle ces 6 personnages sur une rondelle de carton pour faire les 6 jetons du jeu.

Page 16

ancre	jambe	tempête
dent	pantalon	lampe
serpent	gant	vent

Page 27

. Alaska dans iglou

Anouk vit un en

Page 51

Page 59

Page 63

		le poignet
le coude	la hanche	le genou
la cheville	les doigts	les orteils

Page 65